.50

9

D1382832

Nous remercions le Conseil des Arts du Canada,
le ministère du Patrimoine canadien et la SODEC
de l'aide accordée à notre programme de publication.

Logo et illustration de la couverture:
Brigitte Fortin

Édition électronique:
Infographie DN

Dépôt légal: 3e trimestre 1998
Bibliothèque nationale du Canada
Bibliothèque nationale du Québec

123456789 IML 98

L'ÉNIGME DU CONQUISTADOR

La cité d'Aton

DU MÊME AUTEUR
AUX ÉDITIONS PIERRE TISSEYRE

Série L'ÉNIGME DU CONQUISTADOR

Les cubes d'obsidienne, 1997
La formule de mort, 1997
L'île du Serpent de la Terre, 1998

Données de catalogage avant publication (Canada)

Marillac, Alain, 1951-

   La cité d'Aton

   (Série L'énigme du conquistador; 4)
   Pour les jeunes

   ISBN 2-89051-700-4

   I. Titre   II. Collection: Marillac, Alain, 1951-
            (Série L'énigme du conquistador; 4)

PS8576.A655C57 1998   jC843'.54   C98-940731-4
PS9576.A655C57 1998
PZ23.M37Ci 1998

L'ÉNIGME DU CONQUISTADOR

La cité d'Aton

roman

Alain J. Marillac

**ÉDITIONS
PIERRE TISSEYRE**

5757, rue Cypihot, Saint-Laurent (Québec) H4S 1R3
Téléphone: (514) 334-2690 – Télécopieur: (514) 334-8395
http://ed.tisseyre.qc.ca
Courriel: info@ed.tisseyre.qc.ca

Prologue

Université d'Oxford, décembre 1931

— *Ah-yita-zhoula.*
— J'ai entendu quelqu'un dire quelque chose, traduisit le Dr Hulme.

Depuis le mois d'août, le Dr Hulme, en compagnie de son confrère, le Dr Wood, assistait chaque semaine à un incroyable phénomène. Le mérite de la découverte en revenait à Wood qui, le premier, avait fait la connaissance de Rosemary.

C'était en 1927 que cette jeune institutrice, qui enseignait à l'école de Blackpool, s'était rendu compte qu'elle possédait un don de médium. Au tout début, elle esquissa quelques dessins illustrant ce qu'elle percevait. Un soir, timidement, elle osa les présenter au

Dr Wood chez qui elle assistait à des soirées musicales.

Wood s'en étonna, car les croquis et les lettres du cahier de Rosemary représentaient des scènes égyptiennes très vivantes et des hiéroglyphes. Il décida d'en parler à son éminent confrère, le Dr Hulme, spécialiste de l'Égypte pharaonique.

À compter de cet instant, les deux hommes, fascinés par le cas, organisèrent des réunions avec d'autres érudits pour écouter Rosemary. En effet, depuis le 8 août, cette dernière entrait en transe et parlait longuement dans un égyptien ancien que s'empressait de traduire l'auguste assemblée.

Après quelque temps, il n'exista plus aucun doute pour Hulme : c'était l'esprit de Télika, une princesse babylonienne, sœur du roi Kadashman, devenue l'une des épouses du pharaon Aménophis III, qui s'exprimait à travers Rosemary.

La succession de séances permit, au fur et à mesure, de reconstituer l'histoire tragique de Télika. Dès avril 1936, toutes les déclarations de Rosemary furent enregistrées, puis transférées sur des disques de vinyle.

Rosemary, ou plutôt Télika par la bouche du médium, racontait que Tiyi, la « Grande Épouse » d'Aménophis III, l'aurait fait exécuter discrètement parce qu'elle s'intéressait de trop près à la religion d'Aton. À cette époque, expliqua-t-elle, la philosophie atonienne d'un dieu unique commençait à prendre de l'ampleur.

Les prêtres d'Amon, qui détenaient une puissance extrême et incitaient à l'adoration d'un panthéon étonnamment varié de dieux divers, n'appréciaient pas du tout la montée de cette croyance en une seule divinité. Surtout lorsque cela touchait l'entourage direct du pharaon.

Carine Wales arrête le disque et se tourne vers ses confrères et son patron, Érasme Bular, pour conclure :

— Voilà, c'est à Londres, il y a un mois, que j'ai mis la main sur cet enregistrement. Il provient de l'ancien Institut de recherches psychiques. Rosemary est décédée en 1961, Wood et Hulme en 1967. Il y a une bonne vingtaine d'enregistrements que j'ai écoutés avec patience et dont j'ai résumé l'essentiel dans les comptes rendus que je vous ai remis au début de la réunion.

— Pouvez-vous nous indiquer ce qui a attiré votre attention ? demande Bular.

— Eh bien, Amon que les Grecs comparaient à leur Zeus fut élevé au rang de roi des dieux quand Thèbes devint la métropole religieuse de l'Égypte. Puis, au fil du temps, il fut identifié à Rê, le dieu du soleil.

« C'est avec l'arrivée au pouvoir du pharaon Aménophis IV, mieux connu sous le nom d'Akhenaton, que la religion d'Aton, dieu solaire unique, devient le culte officiel. Il s'agissait de restreindre les pratiques magiques et de simplifier la religion en limitant le nombre de dieux. Le centre géographique de ce nouveau culte était Akhetaton, aujourd'hui la ville de Tell el-Amarna.

« La résistance des adeptes d'Amon, dieu de la vie et de la création, favorables, eux, à un panthéon proche de celui des Grecs, est très rude. Le culte d'Aton ne dure donc pas longtemps. À la mort du pharaon Aménophis IV, on tente d'effacer toutes traces de lui et de l'atonisme. Même le gendre du pharaon reniera le culte d'Aton et prendra le nom de Toutânkhamon. Cependant, les adeptes du dieu solaire avaient prévu cette chute et s'étaient longuement préparés dans l'ombre. Ils possédaient de nombreux temples secrets et refuges. »

— Où voulez-vous en venir ? s'enquiert à son tour Desquand, un peu frustré de n'être pas au cœur de cette nouvelle piste.

— Un peu de patience, j'y arrive. En 1954, l'archéologue égyptien Zaki Saad trouve, sur le site de Saqqarah des tissus de lin faits d'un fil extrêmement fin et qui donnent l'impression d'avoir été tissés avec des machines de haute précision. Durant ces mêmes fouilles, un autre archéologue, Garamov, déniche des lentilles de cristal sphériques, parfaitement taillées, des inscriptions qui prolongent le calendrier égyptien de presque trente mille ans, sans compter une série d'objets que l'on ne parvient pas à classer.

— Les avez-vous vus ? s'informe Bular.

— Oui. Vital est en train de négocier certains achats.

— Parfaitement, monsieur, je vous en ai parlé ce matin.

— Ah ! c'étaient ceux-là ? Poursuivez, Carine.

— J'ai fait des recoupements avec les récits de Rosemary qui disait, elle aussi, que les Égyptiens disposaient d'une technologie avancée. Ils pouvaient, par exemple, produire de l'électricité directement à partir de l'air ou déplacer des blocs de pierre avec facilité.

Malheureusement, rien n'a jamais été découvert qui appuie ces assertions.

— Cela n'est-il pas un peu trop… «archéologie fantastique»? s'inquiète Bular.

— Peut-être, mais les objets de Garamov existent et semblent confirmer les dires de Rosemary à propos d'une science inconnue. D'autre part, l'égyptien ancien que parlait Rosemary a été vérifié: il était authentique. Une enquête a été menée, remontant jusque dans son enfance, et l'on n'a pas pu démontrer qu'elle ait appris cette langue. Monsieur Bular, la dernière partie de mon exposé concerne votre protégé.

— Don Felipe?

— Oui, Don Felipe Da Gozal. Nous connaissions sa présence au Yémen en 1533, avec l'affaire de la reine de Saba, mais nous savons maintenant qu'en 1536 il s'est rendu en Égypte.

— Vous en êtes certaine?

— Tout à fait! J'ai trouvé un manuscrit de lui au musée du Caire. Il y fait mention d'un temple dédié à Aton qui était apparemment éclairé artificiellement, ce qui m'a permis d'établir un lien avec les déclarations de Rosemary et les découvertes des archéologues. Ces lieux existent certainement et sont dotés d'une «machinerie» que nous ignorons.

— Ce n'était peut-être que la lumière du soleil, suppose Desquand.

— Je ne crois pas. Il emploie le terme *alumbrado*, «éclairage», ce qui, pour moi, ne peut s'appliquer qu'à une source artificielle.

— Il a donc visité un endroit doté d'un système technologique ancien ?

— C'est ce que je crois. Les indications fournies par Rosemary semblent donc recouper les dires de Da Gozal sur plusieurs points. Reste à retrouver ce lieu car, comme je le disais, après la mort d'Aménophis IV, les prêtres d'Amon se sont empressés d'effacer toutes traces. Il ne subsiste que quelques stèles.

— Où était Da Gozal à ce moment-là ?

— C'est très vague. Il mélange les termes espagnols et arabes, mentionnant un *ourit,* c'est-à-dire un gouffre, et un *ksar* que l'on peut traduire par village fortifié. Cependant, la description du paysage, ajoutée par le père Raphaël, évoque la région de Saqqarah, ce qui nous rapproche des fouilles de Garamov. C'est un début.

— Il y a eu beaucoup de chantiers dans cette région, ce sera difficile d'obtenir des autorisations sans un objectif bien défini. Vital, tâchez de m'arranger ça.

— Sans problème, monsieur. Je connais très bien un haut responsable, Marek Sebka, et, en utilisant l'argent que nous n'avons pas remis à Little Salked en Ontario[1], je crois que nous pourrons obtenir d'intéressants résultats.

— Bravo, Vital. J'adore votre côté cynique. Mettez-vous au travail! Où sont les Lemoyne?

— Le père de Linda poursuit l'étude de la «roue de médecine» au Canada. Linda et Patrick sont retournés au Yémen pour compléter leurs recherches. Quant à Audrey et Stéphane, ils s'apprêtent à rejoindre leurs parents.

— Parfait! Ils ne sont donc pas loin. Je vais les expédier au Caire et leur demander de faire un tour d'horizon sur le site de Saqqarah. Les jeunes les rejoindront directement là-bas. La séance est levée.

Alors que tous sont sur le point de quitter la salle, Bular retient Vital.

— Restez un instant. Il faut que nous parlions logistique.

Il attend que les autres soient sortis et lui dit froidement:

---

[1] Lire *L'île du Serpent de la Terre*, dans la même série.

— Vital, Linda commence à être un peu trop indépendante. Je me demande même si elle ne me cache pas certaines informations. J'aimerais beaucoup qu'elle sente à quel point elle a besoin de nous, vous voyez ?

— Parfaitement, monsieur.

— Un petit rappel à l'ordre, rien de plus. Vous pouvez vous organiser ? Sans qu'il y ait trop de conséquences, bien entendu.

— Marek Sebka est vraiment quelqu'un de très compétent, monsieur, et, de plus, il a une très grande influence sur les milieux policiers. Vous savez, les informations erronées sont fréquentes. Il suffirait que les autorités soient mal renseignées.

Vital a un petit sourire en coin. Au fond, il est ravi de jouer un tour pendable à Linda. Il trouve qu'elle prend un peu trop de place sur l'avant-scène. Mais, surtout, il souffre du fait que sa vie soit au cœur d'un étrange paradoxe : lui qui adore paraître et avoir sa photo dans les journaux, fait partie d'un groupe secret et, par le fait même, discret. Cela laisse profondément insatisfaite sa nature narcissique.

— Parfait, Vital ! Vous avez carte blanche, mais je ne veux pas qu'ils soient retenus trop longtemps. Entendu !

— Oui, monsieur. Comptez sur moi.

*L*e King Air, piloté par Patrick, se pose sans problème à l'aéroport du Caire. Après s'être procuré leur visa sur place, Linda et Patrick se dirigent vers la sortie, se frayant un chemin au milieu d'une foule dense et bavarde. Ils choisissent de prendre un taxi limousine, dont les prix sont fixés d'avance selon la destination, car ils ne se sentent pas l'énergie de marchander. La journée a été longue à Sanaa et, même si le vol était relativement court du Yémen à l'Égypte, ils sont très fatigués.

Leur taxi file sur la longue avenue qui relie l'aéroport au centre du Caire. En passant, ils aperçoivent sur leur gauche l'étonnante maison du baron Empain, construite dans le style asiatique des temples d'Angkor. Bientôt, la ville est là, devant eux.

Partout dans le pays, sauf pour les habitants eux-mêmes, Le Caire signifie : l'Égypte. Peut-être est-ce à cause du nom, Memphis, qui les désignait tous deux, ville et pays, dans l'Antiquité. C'est en 969 que Jawhar al-Rūmi, ancien esclave grec, remporte la victoire contre les Égyptiens à la tête d'une armée d'Ismaéliens. Il décide alors de fonder une cité à côté de celle de Miṣr, qu'il vient de vaincre et la baptise al-Qāhirah. C'est ce mot qui deviendra Cairo, en anglais, et Le Caire, en français.

Linda et Patrick arrivent enfin au Carlton. L'hôtel, d'un style un peu vieillot et cossu, est équipé de climatiseurs et de salles de bains complètes : un luxe après leur camping dans le désert.

Le lendemain, bien reposés, ils décident de se familiariser un peu avec la ville et de prendre contact avec Saiyida, le contremaître qui doit superviser les ouvriers au cours des fouilles.

Joignant l'utile à l'agréable, ils empruntent une des péniches-autobus qui, après une petite balade sur le Nil, les dépose à la station

Giza. De là, ils marchent jusqu'à la rue Murad qui longe le jardin zoologique. Saiyida habite tout près, dans un immeuble de quatre étages. Le contremaître les reçoit avec le sourire.

— *Ahlan we salhan*[2] !

D'un large geste du bras, il leur désigne un divan, seul meuble occidental d'une pièce aux murs blancs dont le sol est recouvert d'un tapis et de dizaines de coussins, en ajoutant :

— *Afuan*[3].

Pendant que Linda s'installe, Patrick s'empresse de prévenir leur hôte :

— *Saiyida, mish kadem el arabic*[4].

— Oh ! pardon, je croyais… comme vous venez pour procéder à des fouilles sur un site.

— Malheureusement, non ! Quelques phrases tout au plus, mais, pour soutenir une conversation, c'est plus difficile.

— Ce n'est pas un problème, j'ai fait mes études à la Sorbonne.

— Oui, Vital nous l'a dit, intervient Linda. Je dois diriger les fouilles, il vous a mis au courant ?

---

[2] Bonjour !
[3] Je vous en prie.
[4] Saiyida, je ne parle pas l'arabe.

— Oui, oui, tout est réglé. J'ai recruté une centaine d'hommes et il en viendra d'autres après. Mais voulez-vous un peu de thé ?

— Avec plaisir, pardonnez-nous d'aller si vite.

— Ce n'est rien.

Il frappe dans les mains et, venant de la cuisine, une jeune fille apparaît, portant un plateau. Elle s'agenouille près de la table basse et, avec cérémonie, sert le thé dans de petites tasses, puis offre des loukoums, ces savoureuses confiseries orientales très parfumées, avant de s'éclipser. Saiyida sort un paquet de Cléopatra de sa poche et le présente à la ronde. Linda et Patrick savent au moins que, en Égypte, la cigarette est une manière très usitée d'entrer en contact.

— Vous fumez ?

— Non, ni l'un ni l'autre.

— Ah ! ça ne vous dérange pas que j'en prenne une ? J'ai cette mauvaise habitude.

— Non, faites.

Saiyida allume une cigarette, avec l'air d'en savourer la première bouffée comme il le ferait d'un mets rare.

— M. Vital m'a demandé de commencer à dégager le site en vous attendant. Les ouvriers se sont donc mis au travail.

Linda est surprise. Ni Bular ni Vital ne lui ont dit que le lieu des fouilles était déjà arrêté. Elle en ressent une certaine contrariété, mais prend sur elle de ne faire aucune remarque. En tant que directrice de ces fouilles, elle doit paraître au courant de tout, sinon il en résultera un sentiment d'insécurité pour Saiyida, qui influencera tous ses ouvriers.

— C'est formidable, Saiyida ! J'ai hâte d'être sur place.

— Merci. Toutefois, je ne sais pas ce que vous cherchez. Un tombeau, sans doute ?

— Sincèrement, nous ne le savons pas avec exactitude. Nous voulons prolonger un des dégagements amorcés en 1954 à Saqqarah. En fait, nous recherchons des grottes qui auraient été signalées dans cette région.

— Ah oui ! J'ai entendu parler de cette légende qui rapporte que d'immenses trous s'ouvraient dans les montagnes et que les adeptes d'Aton les utilisaient pour inhumer leurs morts. On a retrouvé quelques momies, mais rien qui corresponde à la tradition orale.

— Je m'en doute. On exagère toujours. Pourrez-vous nous y accompagner ?

— Bien sûr, tout mon temps vous appartient, et M. Vital m'a déjà versé une avance. Je vous prends à votre hôtel demain matin.

— Parfait.

Dès lors, ils parlent de tout et de rien. Saiyida a le verbe facile et connaît nombre d'histoires et de légendes qu'il adore raconter.

Le lendemain, fidèle au rendez-vous, Saiyida les attend au volant d'une Peugeot toute blanche. Elle file bientôt le long du Nil par l'autoroute Shari en Nil, puis tourne à droite pour rattraper ce qu'on pourrait appeler la « voie des tombeaux ». En effet, après avoir dépassé les grandes pyramides devant lesquelles trône l'hôtel Mena House Oberoi et les stationnements pour cars de touristes, ils parcourent quinze kilomètres d'une route magnifique. Laissant successivement derrière eux les pyramides de Zawiet el-Aryan, celles du site d'Abusir, puis la nécropole de Saqqarah-Nord, ils parviennent à la nécropole de Saqqarah-Sud, un peu après les ruines de Memphis.

Là, Saiyida s'engage sur une petite voie balayée par le sable et s'arrête à quelques minutes du tombeau de Sésostris III.

— À partir d'ici, nous allons prendre des chameaux, c'est plus pratique. Vous savez monter ?

— Oui, nous avons appris au Yémen.

Saiyida s'approche d'un homme en djellaba rayée, qui fait le pied de grue avec son fils et ses six chameaux, attendant les touristes. Saiyida marchande un moment, puis adresse un signe aux Lemoyne. Le loueur fait baraquer les montures.

Linda et Patrick s'installent sur les selles et s'engagent derrière leur guide au milieu des dunes. Le désert reprend rapidement ses droits : du sable à perte de vue, des rochers et quelques collines dans lesquelles plusieurs tombeaux ont été mis au jour.

Ils sont heureux de retrouver le silence, à peine troublé par ce sifflement étrange que font les particules de sable en se frottant les unes aux autres, quand un vent léger se prend à jouer les musiciens.

Après une bonne trentaine de minutes de marche, au pas chaloupé des bêtes, ils parviennent à une élévation rocheuse que les dunes tentent d'escalader. La monture de Saiyida blatère de protestation lorsque son cavalier l'oblige à grimper sur le flanc de ce *djebel*. De toute évidence, cet exercice ne fait pas partie de ses balades habituelles.

Finalement, Saiyida s'arrête devant un piton isolé. Ils descendent tous de leurs « vaisseaux du désert » et s'avancent sur le petit promontoire qui surplombe le terrain de fouilles que Saiyida désigne de la main.

— Voilà, c'est ici. La partie dégagée en 1954 n'a pas été explorée depuis. Les archéologues de l'époque ont abandonné ce lieu après avoir fait des découvertes un peu plus à l'est. Tout est ensablé, il faut dégager de nouveau.

Devant eux, une ouverture plonge dans le cœur de la colline de roc. Une centaine d'hommes s'affairent, entrant et sortant de la grotte, portant des paniers et poussant des brouettes. Déjà, un monticule impressionnant de gravats et de sable s'élève sur un flanc de la colline. Des tentes ont été dressées, ainsi qu'un immense abri qui offre un peu d'ombre à une vingtaine de tables : le réfectoire.

— Savez-vous à quel endroit se trouvent les plus grandes grottes de la région ?

— Par ici, mais les légendes disent que les plus vastes ont été fermées.

— Eh bien, c'est parfait ! Est-ce que Vital est là ?

— Non. En fait, je crois que M. Vital préfère des lieux plus confortables. C'est Mme Wales qui dirige les opérations, en vous attendant.

Nouvelle surprise pour Linda et Patrick. Qui peut bien être cette femme ?

— Allons la saluer, Saiyida ! J'aimerais également faire un tour sur les ruines de l'un des temples d'Aton, sur les lieux privilégiés par Akhenaton.

— La cité principale, la capitale qu'il avait fait bâtir, était Akhetaton, « l'horizon du disque ». Elle s'appelle aujourd'hui Amarna. Les temples sont situés beaucoup plus loin, vers Karnak, et, surtout, en Moyenne-Égypte.

— Oui, je sais, un peu plus de six cents kilomètres. Nous irons demain, en avion.

Tout en conversant, ils se sont approchés du chantier, et maintenant le bruit est intense : roulement des pierres, chants des ouvriers, grincement des roues des brouettes, tout se fond en une sorte de brouhaha qui évoque un souk. Sous une bâche, une femme est occupée à prendre des notes. Elle lève la tête, les aperçoit et vient vers eux.

— Linda et Patrick, je présume ? Bonjour ! Je suis Carine Wales.

— Pourquoi êtes-vous ici ? demande Linda.

— Je vois que Bular ne vous a rien dit. En fait, c'est moi qui ai situé cet endroit à partir de documents. Bular ne voulait pas vous arracher tout de suite à vos recherches au Yémen, c'est pourquoi il m'a confié la tâche du premier déblaiement.

Ne voulant pas trop la questionner devant Saiyida, Linda se propose de remettre les explications à plus tard. La présence de cette femme qu'elle ne connaît pas la dérange. Mais ce qui la met profondément mal à l'aise, c'est que Bular ne l'ait pas mise au courant. Elle en ressent une certaine agressivité. Du coup, son attitude envers Carine est froide et presque cassante. Elle se tourne vers le contremaître et propose :

— Si on allait jeter un coup d'œil ?

— Bien sûr.

— On se voit tout à l'heure ? lance Linda à Carine.

Saiyida sort des lampes électriques de son havresac et les distribue, puis il s'engage dans un goulet rocheux. Au passage, Linda laisse glisser sa main sur le rocher : il s'agit de grès, la pierre solaire utilisée par les adeptes d'Aton pour bâtir les assises de leurs temples.

Le couloir descend doucement jusqu'à une petite grotte où, de toute évidence, la main de l'homme a structuré l'espace. Des niches ont été découpées dans les parois, et des amorces de couloirs, maintenant ensablés ou bloqués par des effondrements, permettent d'entrevoir un développement souterrain et peut-être des salles. Les ouvriers ont presque fini de dégager la grotte d'entrée.

Linda réfléchit un instant, puis se décide sur la marche à suivre :

— Nous commencerons par ce passage vers le nord, il se dirige vers le cœur de la colline. S'il existe des grottes, il y a sans doute plus de chances de les trouver par là.

— Bien.

Laissant Saiyida avec ses hommes, Linda et Patrick sortent pour rejoindre Carine.

— Avez-vous les plans du site ?

Carine s'approche d'un étui en cuir d'où émergent plusieurs cartes enroulées.

— Oui, voilà.

— Merci. Nous allons décompresser un peu, le temps qu'ils finissent de dégager. J'aimerais pousser jusqu'à Karnak, demain. Nous sommes mardi, alors disons qu'à partir de lundi nous serons là pour de bon.

— Prenez votre temps. Je doute que nous fassions une trouvaille exceptionnelle, dès le début.

— Moi aussi. Contente de vous avoir rencontrée ! J'emporte les cartes, je vais les étudier à tête reposée.

— J'en ai une copie.

— Au fait, il y a longtemps que vous travaillez pour Bular ?

— Un moment déjà, mais mon travail se passe surtout dans les bibliothèques et les archives. Si vous voulez, prenez la Jeep pour rentrer, Saiyida me déposera.

— Merci.

De retour à l'hôtel, Linda et Patrick téléphonent à Audrey et à Stéphane.

— Quand est-ce qu'on vient vous rejoindre ? demande Audrey.

— Laissez-nous planifier un peu les choses ici, répond Linda, et demandez à Kevin de vous mettre dans l'avion dans quinze jours. Ça va ?

— D'accord ! Un peu de chaleur ne nous fera pas de mal. Ici, l'automne est commencé et les feuilles tombent déjà.

— Dis-toi que tu as de la chance, lance Patrick. Profite de la fraîcheur et de la vue de tous ces arbres, parce que tu vas trouver un tout autre genre de paysage. Ici, c'est un peu comme au Yémen.

— On adore ça ! On a nos passeports, nos visas et nos vaccins, alors on arrive bientôt, déclare Stéphane, enthousiaste.

Après avoir raccroché, Linda, songeuse, demande à Patrick :

— Dis-moi, que penses-tu de cette Carine Wales ?

— À première vue, elle semble plutôt sympathique. Ce qui m'étonne, c'est que Bular ne nous ait jamais parlé d'elle, d'autant qu'elle semble travailler sur les mêmes dossiers.

— Oui, mais peut-être est-elle attachée au musée, ce serait une explication.

À ce moment, le téléphone sonne. C'est Vital qui appelle. Carine vient de le prévenir de leur arrivée.

— Vous avez vu le terrain ? Magnifique, non ?

— Oui, Renaud, mais vous savez, nous ne sommes pas venus en touristes.

— Je sais, je sais. Quand commencez-vous ?

— Lundi. Demain, nous allons à Karnak pour nous faire une idée plus tangible des constructions d'Akhenaton. Savez-vous s'il y a une piste pour le King Air ?

— Je vais m'informer.

— Bien. À part ça, cela se résume pour moi à une question d'ambiance. Personnellement, j'aime sentir les lieux. Alors je veux m'imprégner de l'Égypte avant d'attaquer l'ouvrage proprement dit.

— Parfait. Si vous avez besoin de moi, je suis à l'hôtel Shepheard's sur Corniche el-Nil, dans le quartier de Garden City. N'hésitez pas, on se voit bientôt. Je vous rappelle pour la piste.

Et il raccroche, sans autre forme de procès.

— Garden City, c'est la partie la plus chic de la ville, si je ne m'abuse ?

— À quoi pouvais-tu t'attendre de la part de ce snobinard ? lance Patrick.

Le lendemain, Linda et Patrick atterrissent sur le sable dur de Karnak et traversent le site fabuleux du temple. Après avoir longé le bassin des barques, ils entrent dans le temple de Séti Ier, passent par la salle hypostyle du grand temple d'Amon pour ressortir à l'autre bout, en face du temple de Ramsès Ier.

Franchissant enfin la colonnade titanesque, ils parviennent aux ruines d'un des rares temples d'Aton ayant partiellement survécu à la destruction ordonnée par les prêtres d'Amon. Son style est différent des autres, car il ne possède pas de toit, la lumière du soleil devant y entrer en permanence.

S'étant imprégnés durant trois bonnes heures du style atonien, ils reprennent le King Air et s'envolent pour Le Caire.

À peine ont-ils atterri qu'ils sont surpris par l'agitation qui règne dans l'aéroport. Deux voitures de police arrivent à toute vitesse et se garent à côté de l'avion. Des hommes en descendent rapidement et, dès que la porte est abaissée, ils s'engouffrent dans l'appareil et empoignent Linda et Patrick pour les faire descendre de force.

On les oblige à demeurer sur place pendant que deux policiers, qui, apparemment, savent ce qu'ils cherchent, ouvrent la soute et en sortent une statue de bois, grandeur nature. Linda et Patrick ouvrent de grands yeux. D'où peut bien provenir cette représentation d'un prêtre d'Amon tenant la croix de vie dans la main droite ?

On les accuse sur-le-champ de trafic d'œuvres d'art et les voilà poussés séparément dans deux voitures qui roulent bientôt vers le poste de police.

Linda téléphone à son ambassade et obtient, avec difficulté, que le consul prévienne Vital.

Ce n'est que le lendemain matin, après une nuit en cellule, que Linda et Patrick peuvent rencontrer Vital, dans une petite pièce.

— J'ai eu de la chance d'obtenir cette autorisation de visite si vite. Je suis venu hier soir, mais c'était l'heure de la prière. Je vais faire tout mon possible pour vous sortir de là.

— J'espère bien! s'exclame Linda. Ça ne tient pas debout, cette histoire.

— Le problème, c'est cette statue. Ils considèrent qu'ils ont une preuve contre vous. Tout ce que je peux vous recommander, c'est d'être patients.

C'est donc Vital qui accueille Audrey et Stéphane à l'aéroport. Il les a fait venir plus tôt que prévu. Comme ils le connaissent bien, personne n'a fait de difficultés. Vital a décidé de leur faire sentir, à eux aussi, le rôle essentiel qu'il peut jouer dans leur vie.

Prenant des airs douloureux et outragés, il leur explique ce qui se passe. Les jeunes sont atterrés : c'est la première fois qu'ils se trouvent confrontés à une telle situation. Il leur faut tirer leurs parents d'affaire, mais comment? Vital leur promet d'essayer d'obtenir très vite leur libération; ils doivent lui faire confiance.

Il les dépose à l'hôtel de leurs parents et s'assure qu'ils ne manqueront de rien. Il s'engage également à leur téléphoner chaque jour. Un peu perturbés par ces événements, Audrey et Stéphane s'installent dans la grande chambre qu'ils partagent.

De retour au Shepheard's, Vital contacte Bular pour lui expliquer à quel point la famille Lemoyne va, désormais, leur être redevable.

— C'est parfait, Vital. C'est exactement ce que je voulais. Quand sortent-ils ?

— Je pourrais les tirer de là dès aujourd'hui, mais je pense les laisser « mariner » jusqu'à lundi. La leçon portera mieux.

— D'accord, mais pas plus longtemps. Je veux qu'ils se mettent au travail.

C'est donc le lundi matin, après quatre jours dans une prison surpeuplée, que Linda est tirée de sa cellule. On la conduit dans le bureau du capitaine de la police, où elle découvre un Vital souriant et empressé.

— Tout va bien, Linda. La police avait cette bande à l'œil depuis un certain temps. Le hasard a voulu que vous soyez sur cette piste au mauvais moment. Ils vous ont pris pour des complices, mais tout est arrangé. Les trafiquants ont avoué avoir dissimulé la statue dans la soute du King Air. Vous êtes libre.

— Libre !

C'est au tour du capitaine d'intervenir :

— Je vous prie d'excuser l'excès de zèle de mes hommes, mais il y a tellement de gens qui tentent de s'emparer de nos trésors, que nous surveillons étroitement ceux qui seraient en mesure de le faire. C'est un appel anonyme qui nous a prévenus de la présence de cette statue : un voleur repenti sans aucun doute. Mais cela vous démontre notre efficacité.

— Ça oui ! Mais ça ne répare pas l'horreur de cette détention. Il y a plein de gens ici qui sont sans doute innocents, eux aussi. J'ai pu parler avec certains.

Le capitaine perd son sourire et réplique sèchement :

— Nous étudions chaque cas, madame, il faut du temps. Si nous n'avions pas capturé ces hommes, vous auriez dû subir un procès, ne l'oubliez pas.

— Allons, venez Linda ! Merci infiniment, capitaine.

— De rien, c'est un plaisir. Et mes amitiés à M. Sebka.

— Je n'y manquerai pas.

Vital accompagne Linda au comptoir où elle récupère ses effets personnels et ils sortent enfin.

— Qui est ce M. Sebka ?

— C'est un homme influent et un ami, heureusement. C'est grâce à lui si les procédures ont abouti si vite.

— Oui, heureusement, et Patrick ?

— Il sort aussi aujourd'hui. Carine s'en occupe.

— Ah oui ! À ce sujet, comment se fait-il que je ne l'aie jamais rencontrée auparavant ?

— Eh bien, elle travaille souvent avec le ministère des Affaires culturelles d'Égypte. Elle a une formation en égyptologie, mais elle est un peu comme moi, voyez-vous, ce n'est guère quelqu'un qui aime le terrain.

— Ah !

Linda ressent un étrange malaise : le comportement de Vital ne lui dit rien qui vaille. Il est très évasif, se force à sourire, bien trop prévenant pour un homme habituellement si imbu de lui-même. Linda tente cependant de lui montrer un visage heureux et reconnaissant, tout en songeant qu'elle va devoir se renseigner un peu plus.

— J'ai besoin d'une bonne douche, en tout cas.

— Votre hôtel vous attend, ainsi que vos enfants. Je suis allé les chercher à l'aéroport.

— Audrey et Stéphane sont là !

— Oui, ce n'est pas ce que vous désiriez ? Je les ai inscrits au collège français du Caire : une excellente institution.

Cette fois, Linda ne dit plus rien. Tout semble avoir été manigancé dans son dos et elle déteste ça.

Vital la dépose à l'hôtel Carlton où elle retrouve avec soulagement Audrey et Stéphane.

— On était en train de t'établir un plan d'évasion.

— Ce ne sera pas la peine.

— Et papa ?

— Il arrive ! Mais là, excusez-moi, il faut que j'aille me laver. Trop de mauvais souvenirs me collent à la peau.

Elle gagne sa chambre où Patrick la rejoint une demi-heure plus tard. Enfin, propres et détendus, ils s'installent sur le large balcon d'où l'on devine les pyramides qui miroitent, au loin, dans une vapeur de chaleur. C'est là que Stéphane et Audrey les retrouvent.

— Il y a tout de même quelque chose de bizarre dans tout ça, constate Linda. Nous n'avons pas été interrogés et tout se termine sans accroc. Les voleurs ont eu la bonne idée de se faire prendre et tout est pour le mieux.

— Je suis d'accord avec toi, acquiesce Patrick. Nous connaissons suffisamment ces régions pour savoir que rien ne s'y règle aussi vite.

— C'est peut-être parce que Vital est arrivé très rapidement, suggère Audrey.

— Trop vite, Audrey, c'est ça qui m'intrigue.

— Et puis, qui savait que nous allions à Karnak en avion ? Pour transporter une statue et la cacher à bord, il faut que les gens soient bien renseignés. À part Carine et Vital, personne n'était au courant.

— C'est vrai, ça ! approuve Stéphane. Remarque, des ouvriers ont pu les entendre parler.

— Hum ! Bon, laissons cela de côté pour le moment. Nous verrons bien si un élément nouveau vient nous en apprendre plus, décide Patrick.

— Tu as raison ! Alors vous deux, comment trouvez-vous l'école ?

— Très chic, très BCBG, fréquentée par des fils et filles de bonnes familles, et, nous, on tranche un peu dans le décor. Mais à part ça, ça va. Quel est le programme ?

Linda soupire, essayant de rassembler ses idées. Se remettre au travail lui fera du bien. Il lui faudra aussi étudier les cartes à fond.

— Retourner à Saqqarah, sur le site des fouilles de 1954. C'est notre mandat. Avant de partir, j'ai consulté les rapports des expéditions de l'époque que Bular m'avait expédiés. Ils ont découvert différents objets non identifiables et je suppose que c'est pour cela que Bular nous y envoie. C'est ce genre de choses qu'il cherche. Finalement, je suis bien contente de ne jamais lui avoir remis ce cube d'obsidienne découvert au Mexique[5].

— Pourquoi ?

— Quand je fais le bilan de ces dernières années, nous avons fait une série de trouvailles exceptionnelles sur le plan archéologique. Elles ont apporté une réputation internationale au musée de Bular et à la Fondation dont je m'occupe, mais Bular semble toujours déçu. Ce qu'il veut, ce sont des objets comme les cubes d'obsidienne. D'une certaine manière, il est comme ce malfrat de Shetoyan, il cherche le pouvoir hypothétique des civilisations passées. J'en suis là dans mes réflexions.

— Moi, je propose de poursuivre dans cette voie, suggère Patrick.

— Comment l'entends-tu ?

— Ta réputation est faite, Linda. Tu es aujourd'hui une grande archéologue recon-

---

[5] Lire *Les cubes d'obsidienne*, dans la même série.

nue. Quant à moi, on s'arrache mes photos partout. Nous pourrions nous arrêter là et prendre notre retraite.

— Hé ! je ne suis pas prête, moi ! proteste Linda.

— Moi non plus. Ce que je veux dire, c'est que nous avons une sécurité et une renommée à présent, un peu grâce à Bular d'ailleurs. Ce qui m'intrigue le plus, vois-tu, c'est la piste Da Gozal.

« Il semble que ce personnage se soit vraiment intéressé aux peuples qu'il a croisés, et je le sens plus proche de nos préoccupations que de celles de Bular et de ses comparses. Toutes les découvertes que tu as mentionnées, c'est un peu à lui qu'on les doit, directement ou indirectement. Sulliman[6], par exemple, nous a littéralement guidés vers le temple de la reine de Saba. Sans lui, nous aurions tourné en rond pendant dix ans. »

— Oui, et Don Felipe est toujours venu sur les lieux avant nous, précise Audrey.

— Je suis certain que nous allons le retrouver ici. C'est sa piste à lui qu'il faut suivre. Donnons à Bular ce qu'il veut, ou du moins quelques découvertes archéologiques,

---

[6] Lire *La formule de mort,* dans la même série.

mais, nous, concentrons-nous sur ce conquistador.

— Patrick a raison, maman, d'autant que
le dernier fax que nous avons reçu au Québec,
après l'histoire de l'île du Serpent de la Terre,
semble vouloir nous encourager dans ce sens.

— Mais qui nous l'a envoyé ?

— Je ne sais pas, mais il a l'air mieux
intentionné que Bular.

— D'accord, d'accord, j'accepte ton idée.
Comment doit-on agir avec cette Carine
Wales ?

— En discutant avec elle pendant qu'elle
me ramenait ici, je me suis rendu compte
qu'elle fait partie de l'entourage de Bular
depuis longtemps. Il faudra s'en méfier comme
de Vital.

— Maintenant, si on allait manger quelque chose, propose Linda. Le régime de la
prison n'était vraiment pas extraordinaire.

— J'approuve cette proposition ! lance
Patrick. Que diriez-vous de L'Arabesque, ils
ont des pigeons grillés divins.

— Comment connais-tu ce restaurant ?

— Avant de monter, je me suis renseigné
à la réception, tout bêtement.

Ils accueillent cette réponse avec un rire
libérateur et s'apprêtent à descendre.

Le dégagement des couloirs a commencé. C'est un travail long et laborieux qui n'apporte aucun contentement, si ce n'est l'espoir de découvrir quelque chose au bout. Comme ce lieu a déjà été exploré, ils savent qu'il leur faudra une bonne semaine avant d'arriver simplement là où les autres se sont arrêtés. Alors seulement, la nouveauté pourra-t-elle survenir. Si nouveauté il y a.

Des rails ont été installés pour permettre aux wagonnets de sortir les tonnes de sable qui se sont engouffrées dans la grotte. Alors que Linda est occupée à prendre des notes et que Patrick photographie l'avancement du travail, un cri de frayeur retentit :

— *Fech-fech ! Fech-fech*[7] *!*

---

[7] Sable mou ! Sable mou !

Les cris viennent du côté sud de la colline.
Un homme s'est éloigné, peut-être pour satisfaire des besoins naturels, et il s'est trouvé
pris dans des sables mouvants, comme il y en
a parfois dans le désert; un sable friable qui
avale lentement l'imprudent. Aussitôt, les
hommes disponibles se précipitent. Allongés
sur le sol, ils forment une chaîne humaine. Le
premier lance une corde à l'ouvrier qui s'enfonce inexorablement Il est enlisé jusqu'aux
aisselles. De justesse, il attrape la corde. Les
autres commencent à tirer avec force; on ne
voit déjà plus que les mains qui tiennent la
corde. Puis, doucement la tête réapparaît,
puis tout le corps. Linda est épouvantée : cela
aurait pu arriver à Audrey ou à Stéphane. Elle
les cherche désespérément des yeux et les
aperçoit tout près, fascinés tous les deux par
le drame. Linda les rejoint.

— Vous allez faire attention, hein !
Promettez-le-moi ?

— Bien sûr, maman, c'est drôlement
traître, un truc pareil.

— Comment ça se produit ?

— Je ne sais pas vraiment. Il y a peut-être
un trou ou je ne sais quoi.

Stéphane la regarde, soudain très intéressé.

— Un trou, on devrait peut-être aller
voir.

— Qu'est-ce que tu veux dire ?

— Eh bien, si on envoyait une caméra dans un caisson étanche, peut-être qu'on verrait quelque chose.

— Tu vas voir du sable, c'est tout ! affirme Audrey.

— Pas forcément ! Écoutez, si ce sable coule, c'est peut-être qu'il y a un espace vide en dessous.

— Ce n'est pas bête, on ne risque rien à essayer. Mais j'ai un gros doute : ce *fech-fech* est sur une dune, ce n'est probablement qu'une sorte de tourbillon, comme en mer.

Mais Audrey et Stéphane, voyant enfin l'opportunité d'agir, n'en démordent pas ; il est inutile d'essayer de les dissuader. Ils courent déjà s'occuper de rassembler le matériel nécessaire.

Quelques heures plus tard, ayant trouvé, avec l'aide de Saiyida, un caisson pour caméra sous-marine au Caire, ils l'attachent à un bloc de cinquante kilos et le poussent là où l'ouvrier s'est enfoncé. Un moniteur retransmet les images dans une zone sécuritaire. Saiyida est passionné par cette nouvelle approche de l'archéologie. Lentement, la caméra et son lest sont engloutis par le sable mouvant. L'écran ne montre que des grains de sable qui semblent danser les uns sur les autres, puis une grande zone noire apparaît.

Le projecteur placé sur la caméra éclaire juste la zone devant elle. Bientôt, celle-ci descend d'un coup et le sol apparaît, un sol rocheux où gisent cinq squelettes empilés : peut-être des victimes du *fech-fech*.

— Pauvres gens ! Vous voyez, c'est un piège naturel, rien de plus.

— Attends ! Regarde là, maman !

Au bout de son câble, la caméra pivote sur elle-même. Dans son mouvement, l'objectif accroche quelque chose. À force d'observation, ils parviennent à une certitude : ce sont les pieds d'une statue ; une représentation humaine.

— Incroyable ! s'exclame Saiyida.

— Pensez-vous que l'on puisse dégager cet espace sans risque, Saiyida ?

— Ça va prendre un peu de temps, mais en délimitant une zone de sécurité, oui. Je vais faire venir une souffleuse.

— Parfait, on continue quand même de dégager l'intérieur de la grotte. Mettez une équipe ici.

— Entendu.

Les jours qui suivent, des tonnes de sable sont projetées avec force par-dessus une palissade de trois mètres qui délimite un secteur autour du trou. Elles sont propulsées par la soufflerie mise en place par Saiyida, qui fonctionne comme un chasse-neige. Rapidement, il devient évident que les dunes de sable de ce secteur recouvrent en fait un plateau rocheux. L'emplacement du *fech-fech* dévoile enfin une simple ouverture d'un peu plus d'un mètre de diamètre qui troue le plafond d'une grotte souterraine.

Avant d'y descendre, on renforce la protection contre le sable et on installe un générateur destiné à alimenter un câble électrique qui sera garni d'une guirlande d'ampoules.

Enfin, l'instant de l'exploration arrive. Patrick et Saiyida décident de descendre les premiers.

Un trépied d'acier a été installé au-dessus du trou, et un palan électrique, faisant office de monte-charge primitif, permet d'effectuer des aller-retour assez rapides. Patrick s'enfonce sous la terre, bientôt suivi de Saiyida, puis de Linda. Viennent ensuite quelques ouvriers auxquels Audrey et Stéphane se joignent d'autorité.

Sous la surface, une longue caverne prend naissance. L'orifice se trouve au tiers de sa longueur. Ils sont à peine arrivés sur le sol couvert de sable que la statue qu'ils ont remarquée sur l'écran apparaît dans son ensemble. Haute de trois mètres, elle représente un couple assis sur un large trône commun. Le nez long et le visage fin des deux personnages les rendent facilement identifiables : Akhenaton et Néfertiti, son épouse. Un disque solaire rayonnant les domine tous deux.

Des colonnes de grès soutiennent la salle, s'étendant de part et d'autre en une longue enfilade. En les étudiant avec plus d'attention, Linda constate que les statues ont dû être apportées après la construction du site, sans doute après la mort du pharaon. En effet, elles sont formées de blocs reconstitués et non d'un morceau unique.

Avec ses ouvriers, Saiyida s'emploie à installer des câbles électriques tout le long de l'enfilade de colonnes jusqu'à un mur maçonné qui semble délimiter l'espace. À première vue, il ne s'agit que d'une grande pièce vide toute en longueur, dans laquelle on aurait dissimulé, par la suite, les statues.

Des sondages électromagnétiques et d'autres, simplement manuels, sont immédiatement effectués pour tenter de trouver une ouverture quelconque. La partie qui va vers la colline, elle, est bouchée par le sable. Il faudra la dégager.

Un des ouvriers, armé d'un marteau, lance une longue phrase en arabe dans laquelle Linda ne reconnaît que deux mots : *hajer* qui signifie « pierre » et *hofra*, « trou ». Cela lui suffit pour se précipiter. Effectivement, un moellon du mur semble vouloir se détacher facilement. Linda demande à Patrick de faire d'abord des photos, puis, faisant des efforts pour se maîtriser, elle procède elle-même à des relevés précis. Si bien que ce n'est qu'une heure après qu'ils commencent à démanteler le mur.

— On dirait que ça débouche au-dehors. Il y a de la lumière ! constate Audrey, qui s'est avancée au milieu des ouvriers.

Mais quand le mur cède enfin le passage, c'est une vision totalement imprévisible qui s'offre à leurs yeux. L'éclairage provient non pas du soleil, mais de trois piliers qui occupent le centre de l'espace, illuminant toute la pièce d'une lueur jaune, quasi solaire.

La salle est plutôt petite mais, sur son pourtour, il n'y a que des statues représentant les dieux de l'Au-delà, du soleil ou de la mort. Il y a là Sebek, le dieu à tête de crocodile présidant aux crues du Nil ; Anubis, le dieu des morts à tête de chacal ; Bès, le nain hideux et barbu qui se moque des dieux ; Seth, le frère d'Osiris, et Sekhmet la déesse de la guerre à tête de lionne.

Tout au fond, occupant à elle seule un des murs les plus étroits, se trouve Isis, protectrice des morts, déesse de la quête, du mariage et de l'initiation. Ses bras ailés sont tendus vers le sol. Au-dessus de sa tête, entre deux cornes ornementales, un miroir est suspendu. Soudain, Saiyida semble se sentir mal à l'aise en réalisant où il se trouve. Des siècles de légendes remontent à sa mémoire. Avec un respect mêlé d'un relent de crainte ancestrale, il s'écrie :

— C'est l'*Ankh-en-maat*, le miroir de la vérité. Nous sommes dans une Grande École.

— Encore une école ! s'offusque Stéphane.

— Mais qu'est-ce que c'est, un « miroir de la vérité » ? demande Audrey.

— Eh bien, commence Linda, on raconte que dans l'Égypte ancienne il y avait deux écoles : l'ordinaire, semblable à celle que vous fréquentez, et la Grande. Dans cette dernière, se pratiquait « l'optique psychologique ».

— C'est quoi, ça ? interroge Stéphane, avec une grimace.

— Les étudiants devaient subir le test des miroirs sacrés, qui ne reflétaient que ce qui était mauvais en eux. On les appelait les *ankh-en-maat*. Quand le candidat était enfin admis à la Grande École, il avait tellement travaillé sur lui-même, s'était tellement purifié qu'il ne restait plus quoi que ce soit de mauvais en lui et le miroir ne reflétait plus rien.

— Et c'est ce truc-là ?

— Oui.

— Dis donc, ça ferait un malheur de nos jours ! s'écrie Audrey.

Elle ne peut s'empêcher d'illustrer mentalement sa remarque en songeant au nombre de gens qu'elle connaît qui, s'ils se miraient dans l'*ankh-en-maat,* y verraient apparaître des visages monstrueux. Toutes les horreurs qu'ils portent en eux.

— Mais dis-moi, demande Stéphane, d'où vient cette lumière ? Les Égyptiens ne connaissaient pas l'électricité. Alors sur quoi est-ce branché ?

— Je n'en sais vraiment rien. C'est la première fois que je vois ça. Nous allons devoir étudier cette salle avec attention. Mais aussi avec prudence, tant que l'on n'en connaît pas la source d'énergie.

Patrick, qui s'apprête à changer de pellicule, constate avec enthousiasme :

— En tout cas, rien qu'avec ça, on a fait la découverte du siècle. Toute la communauté archéologique va en tomber sur les fesses.

— Oui, et on le doit à Audrey et à Stéphane. S'ils n'avaient pas eu l'idée d'explorer ce trou, on n'aurait peut-être jamais rien trouvé.

— Est-ce qu'on aura notre nom dans les journaux?

— On verra ça! D'accord?

— Bien sûr! Quand il s'agit d'immortaliser nos talents, il n'y a plus personne, ironise Stéphane.

— Saiyida, vous pensez qu'il y a d'autres salles?

— Certainement. Pour ce que j'en sais, la Grande École avait un rituel très précis, et les postulants devaient suivre des parcours initiatiques bien étudiés qui comprenaient des épreuves destinées à les révéler à eux-mêmes. Ils devaient vaincre leurs craintes et approfondir leur psychologie personnelle. Je me demande seulement s'il y avait une Grande École différente pour Amon et pour Aton.

— Tout le monde pouvait y aller? lance Audrey

— Non! Elle était réservée à une élite qui ne dépendait ni de la fortune ni du rang social, mais de la force de caractère et de la volonté de progresser. Ceux qui réussissaient devenaient prêtres, architectes ou se consacraient à ce que l'on appellerait aujourd'hui la recherche scientifique.

— Je me demande si j'aurais été admis, s'interroge Stéphane à haute voix.

— Faut pas rêver ! répond sa sœur avec un petit sourire moqueur.

— Bon, il commence à se faire tard, intervient Linda. Nous avons vécu beaucoup d'émotions. Retournons en ville. Il faut que je signale cette découverte aux autorités.

— Je vais poster des gardes de confiance.

— Merci, Saiyida. Mais, demain, je m'installe ici en permanence, sous la tente.

Ils regagnent la surface et, bientôt, le récit de ce qui se cache en bas fait le tour de toute l'équipe.

Linda et sa famille montent dans leur Jeep et filent vers Le Caire. Chemin faisant, Patrick, intrigué, demande à Linda :

— Si j'ai bien compris, tu veux faire part toi-même de notre découverte, avant même d'en avertir Vital.

— Exactement ! Cette fois, ce sera notre réussite. Vital ira se faire voir.

Lorsqu'ils sont enfin mis au courant, Renaud Vital et Carine Wales sont furieux d'avoir ainsi été tenus à distance de cet événement. Dès cet instant, ils décident d'être, eux aussi, présents sur le site à plein temps.

— Je crois que Bular a raison, Linda prend un peu trop de liberté. La leçon de la prison n'a pas porté, on dirait.

— À moins que ce ne soit le contraire, remarque Carine.

— Pardon ?

— Oui, cette arrestation lui a peut-être mis la puce à l'oreille. Elle devient prudente, c'est tout. En mettant au jour cette salle, elle est maintenant à l'avant-scène, et il devient plus délicat de s'attaquer à elle.

— Il va falloir réfléchir à tout cela. Je vais en discuter avec Bular.

Mais Érasme Bular se fiche totalement de Linda ; ce qu'il veut, c'est l'un de ces piliers lumineux. Il tient absolument à savoir comment ils arrivent à diffuser de la lumière. Enfin une découverte qui va dans le sens de ce qu'il cherche : un savoir disparu, peut-être utilisable dans le monde moderne.

— Que les recherches se poursuivent, Vital ! Je tiens à ce que tout soit examiné, il y a sans doute d'autres secrets cachés là, des lampes éternelles… que sais-je ? Voilà un début comme je les aime ! Je me répète, mais débrouillez-vous pour m'apporter un de ces piliers.

— Mais, monsieur, comment voulez-vous… ? On peut les étudier sur place, mais…

— J'en veux un ! C'est clair ? coupe Bular avant de raccrocher.

Vital déglutit avec difficulté avant de fermer son téléphone portable et de rajuster sa cravate. Il doit rencontrer d'urgence son ami Marek Sebka.

Après avoir négocié fermement, Audrey et Stéphane obtiennent deux jours de sursis avant de se présenter au collège. Ils veulent absolument être là durant l'avancement des travaux. En arrivant sur le site, ils aident Linda et Patrick à s'installer sous la tente où ils vont vivre désormais. Comme ils doivent tout d'abord scruter les salles, centimètre par centimètre, Patrick confie à Audrey le soin de transférer ses photos sur l'ordinateur et de les identifier. Stéphane, lui, va faire office d'éclairagiste pour les autres clichés.

La matinée se passe donc plutôt paisiblement. Saiyida sonde les murs à la recherche d'un nouveau passage et supervise en même temps le dégagement des couloirs qui pourraient, éventuellement, unir la salle souterraine et la grotte supérieure. Maintenant, ce sont plus de deux cents personnes qui besognent sur les lieux.

Vital, Carine et Sebka arrivent vers les onze heures et visitent, émerveillés, la Grande École. Songeur, Vital examine les piliers, tâchant d'en estimer la masse et, surtout, de trouver par quel moyen il pourra en sortir un. Carine, quant à elle, s'interroge sur l'origine de la lumière qui semble émaner de l'intérieur de la pierre, ou plutôt venir de la pierre elle-même. Sebka, après s'être présenté et avoir reçu les remerciements de Linda pour les avoir fait sortir de prison, se montre passionné par sa démarche.

Sebka est loin d'être un arriviste comme le pense Vital. C'est un homme raffiné et cultivé, qui voue une véritable passion à son pays. Pourtant fin psychologue, il a accepté d'aider Vital parce qu'il croyait avoir affaire à des archéologues de seconde zone. Mais en rencontrant Linda, avec sa fraîcheur, sa naïveté liée à une véritable connaissance et une authentique passion, il s'intéresse de très près à elle. Ses manières directes et franches le séduisent. Cela le change des sous-entendus et des calculs auxquels il est habitué. De plus, il la trouve très jolie. Mais la présence de Patrick et l'amour qui, de toute évidence, lie ce couple le maintiennent sur la réserve. Il est fasciné par le fait qu'ils aient trouvé si vite un endroit dissimulé depuis des millénaires.

— En fait, je n'y suis pour rien, répond Linda. C'est le hasard et la curiosité des enfants.

— Je doutais de l'existence de la Grande École. Je pensais que ce n'était qu'une élucubration due à la trop grande imagination de certains de vos collègues, car, en fait, je crois que l'on n'en a jamais trouvé confirmation dans les papyrus ou dans les tombeaux.

— Je partage votre surprise, mais il y a bien quelques inscriptions hiéroglyphiques qui vont dans ce sens. Pourtant, je ne saute pas aux conclusions. Il ne s'agit peut-être pas d'une Grande École, en tout cas rien ne l'indique. Il peut s'agir d'autre chose.

— En effet, d'autant que le miroir d'Isis ne nous révèle rien d'effrayant quand on s'y regarde.

— Raison de plus, car je doute qu'il y ait beaucoup de gens ayant atteint un état de perfection en ces lieux.

Marek Sebka éclate de rire.

— Moi aussi j'en doute ! Quelles sont vos intentions pour la suite des opérations ?

— Vérifier s'il y a un couloir entre cette pièce et la grotte, dégager les passages, chercher d'autres salles. De quoi m'occuper pour quelques années, si l'on ne m'expédie pas ailleurs.

— Bular ?

— Oui, je suis en train de devenir une « découvreuse », mais de moins en moins une archéologue.

— Peut-être a-t-il d'autres projets pour vous ?

— Je serais curieuse de les connaître. Vous êtes égyptologue ?

— Comme tous les Égyptiens. Je n'ai pas fait d'études dans le domaine, mais, déjà enfant, j'explorais les temples, les pyramides et tous les trous que je pouvais voir, dans l'espoir de découvrir un autre tombeau de

Toutânkhamon. Finalement, je me suis lassé de la poussière et me suis plutôt orienté vers la politique et la culture.

— Ce n'est pas si éloigné. Savoir « penser pharaon » peut aider à les découvrir.

Sebka part, encore une fois, d'un grand rire charmeur.

— J'aime bien votre manière d'être. Vous êtes directe et franche.

— Qu'aurais-je à gagner à ne pas l'être ?

— Pour certains, les chemins tortueux sont un mode de vie.

— Vous visez quelqu'un en particulier ? demande-t-elle en glissant un coup d'œil vers Vital.

— Pas besoin de viser quand la cible est aussi grosse.

C'est au tour de Linda de s'esclaffer.

— Faites attention à ceux qui louvoient, ils peuvent être dangereux.

En disant cela, Marek Sebka la regarde droit dans les yeux. Linda comprend l'avertissement et hoche simplement la tête. À ce moment, Saiyida s'approche d'eux.

— Je crois que j'ai trouvé un passage.

— Oui ! Où ça ?

— Juste derrière la statue de Bès.

— Il protégeait l'entrée ?

— Peut-être bien, en se moquant de ceux qui passaient.

En effet, derrière la statue de Bès, une voie étroite et rectangulaire, parfaitement maçonnée, semble donner naissance à un conduit juste assez large pour laisser passer un homme. Ils ont beau éclairer, ils ne distinguent rien.

— Il faut y aller.

— Laissez-moi passer devant, madame.

— D'accord, Saiyida.

Le contremaître, une lampe électrique dans la main droite, entreprend l'exploration en se faufilant de côté. Il a fait cinq pas à peine qu'un coude le cache aux autres. Sebka laisse tomber sa veste et prend une lampe à son tour.

— Je vais le suivre, je n'aime guère voir partir un homme seul.

— Je vous emboîte le pas, dit Linda.

Laborieusement, ils avancent de côté sur presque vingt mètres avant d'émerger dans une autre salle, séparée en deux par un mur peint de fresques magnifiques. Une partie de la salle est obscure, alors que l'autre baigne dans la lumière d'un nouveau pilier. Saiyida se tient au centre de la partie sombre, éclairant les murs autour de lui. En arrivant, Sebka aperçoit une forme souple, vaguement lumineuse, qui s'avance vers le contremaître.

— Attention, Saiyida! Ne bougez plus!

Sebka éclaire la forme. Il découvre un cobra royal de près de cinq mètres de long qui soudain se dresse, dilatant son cou et révélant l'espèce de U qui le caractérise et lui vaut le surnom de serpent à lunettes. Le reptile regarde les deux hommes en se balançant. Il hésite sur la conduite à suivre. Linda débouche à son tour du conduit et se fige, elle aussi. Le silence est tellement lourd qu'il en est presque palpable.

Calmement, Linda retire sa veste et, la tenant devant elle, s'avance vers l'ophidien qui se dresse encore un peu plus. Sa gueule s'ouvre, découvrant deux crocs mortels. Maintenant, toute l'attention du serpent est fixée sur le vêtement qui s'agite devant lui. Les autres retiennent leur souffle et éclairent la scène de leurs lampes de poche.

Linda se déplace légèrement de côté, afin d'entraîner le reptile vers un coin isolé. Le naja suit chacun de ses gestes. Son corps est animé d'un mouvement de balancier menaçant. D'un coup, il attaque, lançant la tête en avant, retroussant sa mâchoire supérieure pour dégager ses crocs qui suintent de venin.

Dans un style digne d'un toréador, Linda pivote de côté et, dans le même mouvement, laisse tomber sa veste. Le cobra se retrouve empêtré dans le vêtement. Sans attendre qu'il se dégage, Sebka attrape la queue du naja qui, pris de cette manière, ne peut le mordre et, faisant un moulinet, il lui brise la nuque sur le coin du mur. Saiyida peut enfin se détendre et se remettre à respirer. Il se précipite vers Linda et lui prend les mains.

— Merci! Mille fois merci! Je vous dois la vie! Vous avez ma reconnaissance éternelle!

— Ce n'est rien, Saiyida. J'ai appris ça de mon beau-père. C'est un spécialiste des documents anciens, mais son divertissement préféré est d'attraper des vipères à la main. Ça l'amuse! Au début, c'est effrayant, mais on finit par comprendre ces bestioles et connaître leur façon d'attaquer. Tenues par la queue ou aveuglées, elles sont très tranquilles. Remarquez que c'est la première fois que je vois un si gros serpent.

— Vous êtes incroyable, Linda! s'écrie Sebka, béant d'admiration.

— Attendez de connaître mes enfants!

Ils se concentrent sur cette nouvelle salle et sont bientôt rejoints par Carine, Vital, Patrick, plusieurs ouvriers, de même que par

Audrey et Stéphane qui, eux, ont droit à des remontrances pour n'être pas restés en sécurité.

Ils réalisent bientôt que la partie obscure a dû être éclairée jadis, elle aussi, car un pilier, désormais éteint, s'y trouve également.

— Au moins, nous avons une indication, déclare Linda. Ces piliers utilisent une énergie qui s'épuise. Mais je me demande toujours si elle est dangereuse ou non.

— Pourquoi l'utiliser dans des salles, alors ?

— S'il s'agit d'un parcours d'initiation, les élèves ne devaient pas y passer beaucoup de temps. Et puis l'espèce de luminosité de ce serpent ne me dit rien qui vaille.

— Nous devrions peut-être dégager ce pilier-ci pour l'examiner. Le fait qu'il soit éteint nous permettra de l'étudier avec des risques minimes. Ainsi en apprendrons-nous peut-être plus, propose Vital, qui voit là une solution à son problème.

— Oui, approuve Carine, à condition qu'il ne soit pas un élément essentiel au support de la voûte.

— Ces fresques sont merveilleusement bien conservées, s'extasie Linda, les couleurs ont encore toute leur fraîcheur.

— Que racontent-elles ?

— C'est un peu trop tôt pour le dire, estime Linda.

Mais Carine, qui les examine, en fait une première interprétation à haute voix :

— À première vue, il y est question de tissus et de transparence. Ça rappelle un peu la salle XII du temple de Louxor, que j'ai longuement étudiée. En fait, il s'agirait que des secrets de fabrication de certains vêtements sacrés, du moins à première vue. Cela faisait peut-être partie de leur apprentissage.

— Il y a un long travail de lecture à faire avant d'en être certain, conclut Linda.

— Écartez-vous un peu que je prenne des photos, demande Patrick.

Ils se reculent, et Carine, un peu envieuse, en profite pour dire à Linda :

— Toutes ces découvertes en si peu de temps, ça tient du miracle !

— Là-dessus, je partage votre avis, Carine. Nous devrons en faire un inventaire précis, avant d'aller plus loin.

L'équipe passe donc les jours suivants à inventorier les salles, à les mesurer, à les dessiner et à en photographier chaque centimètre.

1532, Andalousie

*D*on Felipe Da Gozal était rentré en Espagne. Il éprouvait une joie profonde à respirer l'air frais de la sierra Nevada. Les images et les parfums de sa jeunesse affluaient. Il parvient enfin au sommet du col qu'il venait d'escalader. Devant lui, la ligne des pics enneigés, d'un bleu profond, tranchait avec le plateau désolé et ocre où s'élevait le château de Lacalahorra : cette forteresse, perdue au milieu de nulle part, qui fut édifiée par l'architecte Lorenzo Vasquez pour Rodrigo de Vivar y Mendoza. Don Felipe songeait à son ami Rodrigo qu'il n'avait pas vu depuis des lustres : « J'espère qu'il n'a pas plus changé que son château. »

Il reconnaissait bien les cinq tours au sommet en dôme et la première muraille aux créneaux de style arabe. Là-haut, sur le chemin de ronde, deux hommes allaient et venaient en scrutant l'horizon, tandis qu'autour de la forteresse, au milieu de la terre pelée, des moutons cherchaient une herbe rare. Don Felipe descendit du promontoire et s'approcha de Lacalahorra dont il franchit bientôt le porche pour redécouvrir le patio de marbre et l'escalier monumental merveilleusement ouvragé : une perle de l'art de la Renaissance espagnole.

Son ami Rodrigo de Vivar s'avança vivement vers lui, le visage éclairé d'un sourire heureux. Ils se donnèrent une accolade fraternelle.

— Viens, Felipe. Il faut que tu me racontes tes voyages. Es-tu revenu pour combattre les Turcs ?

— Je ne sais encore rien de cette guerre, Rodrigo, ce sera à toi de m'expliquer. Comment va Dona Luisa ?

— Bien, toujours aussi jolie. Elle aussi se languit de toi. Elle m'a donné deux nouveaux magnifiques enfants : Juan et Paco.

— Des garçons, tu dois être très fier ?

— Oui, ils sont solides et sauront devenir de vrais Mendoza.

— Et tes filles ?

— Consuelo va sur ses quinze ans. Elle ne veut pas entendre parler des travaux domestiques et s'est mis en tête d'apprendre l'escrime.

— Et alors ?

— La petite gueuse est vraiment douée. Elle bat déjà plusieurs des jeunes jouvenceaux qui se moquaient d'elle. Je suis obligé de refréner ses ardeurs, car les prêtres et les nobliaux ne voient guère d'un bon œil qu'une fille aime la joute. Quant à Maria, je crois qu'elle se destine à la vie religieuse. Elle n'a que douze ans, mais manifeste une piété surprenante.

— Tu es un homme heureux, alors ?

— Oui, Felipe, d'autant plus que tu es là, maintenant !

Don Felipe passa quelques jours chez son ami à évoquer les voyages, la vie, à échanger quelques passes d'escrime et à galoper aux alentours.

Il prit également le temps de réfléchir. Cette guerre contre les Turcs était peut-être, pour lui, l'occasion de partir pour ces régions de sable dont le père André[8] lui avait longuement parlé. Da Gozal avait laissé le père Raphaël partir vers Séville ; c'est là qu'ils

---

[8] Lire : *L'île du Serpent de la Terre,* dans la même série.

devaient se retrouver. Il savait que les troupes embarqueraient à Cadix.

Don Felipe allait bientôt avoir vingt-neuf ans. Il avait déjà beaucoup et intensément vécu, mais il se sentait encore toute l'énergie pour connaître d'autres horizons et vivre d'autres aventures. Sa décision était prise, il partirait. Une fois là-bas, il serait toujours temps de se diriger vers d'autres contrées : l'Égypte l'attirait, notamment.

Vital a réussi une série de prodiges. Tout d'abord, il a pu faire sortir le pilier éteint de la salle où il se trouvait; ensuite, il a réalisé un tour de force en convainquant les autorités, le milieu archéologique et le comité de spécialistes égyptiens que ce pilier devait prendre la route de Paris pour y être étudié.

Linda n'en revient pas: le don de persuasion de Vital est phénoménal. Elle le soupçonne d'avoir offert quelques compensations financières ou d'avoir dû faire des concessions, mais lesquelles? D'autre part, elle se doute bien que ses découvertes vont attirer un foule d'experts et de journalistes de tous poils, ce qui représente des millions de dollars en retombées touristiques et économiques pour le pays. Tout cela a certainement pesé dans la balance.

Le fameux pilier se retrouve donc bientôt à bord du King Air. Linda décide d'emmener ses enfants avec elle, parce qu'elle veut aller voir son beau-père pour lui soumettre quelques échantillons de papyrus et de tissus trouvés dans l'une des salles. Dante étant un expert des papiers de toutes sortes, il pourra lui donner un avis distinct de ceux des spécialistes de l'Antiquité. C'est donc une bonne occasion pour les jeunes de voir leurs grands-parents paternels.

L'avion s'élance sur la piste et bientôt bondit dans un ciel sans nuages, filant vers Paris. Le voyage se passe plutôt bien, jusqu'à hauteur de Lyon où des voyants se mettent à clignoter. Linda vérifie les commandes et les cadrans, mais tout semble fonctionner normalement. Soudain, la pressurisation accuse une baisse importante. Linda serre les dents, mais son expérience prend le dessus.

— Mettez vos masques à oxygène! Si jamais la pression ne redevient pas normale, il va falloir que je perde de l'altitude.

Audrey et Stéphane placent donc leur masque sur leur visage et patientent. L'inquiétude est là, présente, et leur noue les tripes. Mais ils savent que, pour avoir accumulé des dizaines d'heures de vol, leur mère est capable de les amener à bon port. De toute manière, pour l'instant, ils ne peuvent rien faire.

Linda avertit l'aéroport de Roissy qu'elle éprouve quelques problèmes et demande l'autorisation de procéder à un atterrissage en priorité. Le King Air vole maintenant à quatre cents kilomètres à l'heure ; la capitale approche rapidement et, dans moins d'une heure, ils l'auront atteinte. Linda perd de l'altitude et ils peuvent retirer leur masque. Suivant les indications de la tour de contrôle, Linda se met en approche finale et enclenche la sortie des roues. Rien ne se passe. Linda essaie encore : toujours rien. Cette fois, son cœur bat la chamade. Il faut réagir vite. Elle tourne la tête et lance :

— Bon sang ! Stéphane, sais-tu où se trouve le système manuel ?

— Oui, tu me l'as déjà montré.

— Alors, vas-y ! Essaie de faire sortir le train d'atterrissage. Fais vite !

— Je viens avec toi, décide Audrey, qui préfère ne pas rester là, à mourir de trouille.

Ils descendent dans la soute et ouvrent une petite trappe. D'un placard, Stéphane sort un bras de levier et le place dans l'orifice prévu pour les opérations manuelles. Avec énergie, il commence à pomper le système hydraulique. Il doit y mettre toute sa force, et bientôt de grosses gouttes de sueur perlent sur son front.

— Tu veux que je te relaie ?

— Si tu veux. C'est dur, je te préviens.

À deux mains, Audrey pousse sur le levier, puis tire et pousse encore. L'avion descend déjà vers la piste. Stéphane reprend la place de sa sœur. Lentement, les roues sortent de leur réceptacle et prennent enfin leur position. Deux minutes plus tard, l'avion touche l'asphalte. Il était temps car, si les roues n'étaient pas assez sorties, l'avion se posait sur le ventre, risquant de capoter.

Bular et son responsable de laboratoire, Ernst Duval, les attendent, trépignant d'impatience. Le pilier est rapidement transféré dans un camion, sous les yeux attentifs de Bular. Il insiste pour que Linda et ses enfants restent sur place afin de savoir ce qui cloche avec l'appareil. En fait, Bular n'a pas l'intention de leur révéler la destination du pilier. Son fief secret, dans le sous-sol de son hôtel particulier, doit demeurer ignoré de Linda. Le camion s'éloigne sur les chapeaux de roues.

Utilisant différents instruments de contrôle, un technicien entreprend de vérifier les circuits du King Air.

— Dites-moi, avez-vous essuyé un orage magnétique ?

— Non, nous avons eu beau temps tout le long du trajet.

— C'est étonnant, car les circuits semblent avoir été exposés à un champ électromagnétique intense qui les a complètement affolés. Il n'y a rien de grave, juste quelques puces du cerveau électronique à changer, mais une heure de plus et vous auriez eu de gros problèmes.

— D'où ça peut venir ?

— Aucune idée ! La radiation est faible à présent, mais ça peut aussi avoir été provoqué par ce que vous transportiez. J'ai vu un camion tout à l'heure. C'étaient des instruments électroniques ?

Linda décide de mentir. Elle n'aime guère cela, mais la complexité des explications à fournir, si elle disait la vérité, lui semble tellement énorme qu'elle préfère cette solution.

— Oui ! Ça pourrait être ça ?

— Probablement, surtout s'ils étaient en marche.

— Ça, je n'en sais rien.

— Vérifiez, la prochaine fois. L'énergie qui se dégage de certains appareils peut provoquer un écrasement en un rien de temps.

— Eh bien, merci !

— De rien ! Je vous arrange ça et il sera comme neuf.

Linda, Audrey et Stéphane prennent congé.

— Ça ne peut être que le pilier ! s'exclame Stéphane.

— Sans aucun doute. Il faut prévenir Bular.

Linda se dirige aussitôt vers un téléphone et laisse un message à l'intention de son patron qui n'est pas encore arrivé.

— Bon, en attendant nous allons chez Dante et Christiane. Ça nous remettra de nos émotions.

— Chouette ! Ça fait longtemps qu'on ne les a pas vus.

Dante et Christiane sont les parents de Patrick. D'origine italienne, Dante est expert en vieux documents. Il les analyse, les restaure, les étudie et en fabrique même afin de comprendre comment les Anciens procédaient. Quant à Christiane, elle préfère la vie au foyer, elle a fait un choix qui lui convient parfaitement. Ce qu'elle adore par-dessus tout, ce sont les spectacles, le cinéma et le théâtre.

Elle se tient au courant de tous les potins et ne manque pas un film ni une pièce. Elle se plaît à répéter : « Mon mari passe sa vie dans les débris du passé. Moi, je vis aujourd'hui. Ça équilibre la vie de couple ! »

À bord d'un taxi, Audrey, Stéphane et Linda roulent vers Aubervilliers par l'avenue

Jean-Jaurès. Christiane y a grandi et elle adore ce quartier populaire, à quelque vingt minutes du centre de Paris. Le taxi tourne à droite, sur la rue de Presles, et s'arrête devant un ancien hôtel reconverti en appartements récemment rénovés. Mais la façade de l'immeuble, elle, attend un bon ravalement.

Quelques instants plus tard, les voici tous autour de la grande table de la salle à manger, devant un casse-croûte copieux et varié. Linda et les jeunes doivent sacrifier à la litanie des nouvelles, mais, l'ambiance étant à la fête, cela devient vite un plaisir parsemé d'éclats de rire.

Finalement, Linda sort de son sac les échantillons de papyrus et de tissu qu'elle montre à Dante. Aussitôt, ce dernier redevient le passionné qu'il est. Il touche du bout des doigts le fragment de papier, les yeux fermés, entièrement concentré. Il sort ensuite une loupe de bijoutier qu'il maintient sur son œil droit pour examiner la fibre ; puis il fait la même chose avec le tissu.

— Étonnant ! Vraiment étonnant ! Si tu ne m'avais pas dit que ça provient d'un lieu très ancien, j'aurais opté pour une fabrication moderne vieillie artificiellement.

— Comment ça ?

— Vois-tu, le tissage en est tellement fin, tellement régulier, et le fil si parfait dans sa

forme que je ne vois que des machines mo-
dernes pour parvenir à une telle structure. Sur
les fils anciens, il y a des barbes inhérentes au
filage artisanal. Le quadrillage n'est jamais
irréprochable parce qu'il dépend de gestes
automatiques, mais pas toujours identiques.
Pour le dater, par contre, il faudra un labo.
Quant au papyrus, lui, il est de facture normale pour l'époque, l'encre aussi : il a bien
trois mille ans, au premier regard.

— Tu pourrais en savoir plus ?

— Peut-être, mais pour ça il faut que je
passe au bureau. Tu crois que ça peut attendre à demain ? J'aimerais bien profiter un peu
de votre présence aujourd'hui.

— Que diriez-vous d'aller voir une pièce
ou un film ? propose Christiane, emportée
par ses propres passions.

Avec beaucoup de difficulté, les hommes
de Bular ont réussi à introduire le pilier dans
le laboratoire. Ayant reçu l'avertissement de
Linda, le gros homme fait placer le pilier dans
une section protégée, isolable en cas de pro-

blème. Ernst procède à divers contrôles et constate très vite, en effet, que le pilier dégage un fort courant électromagnétique.

— Il contient peut-être un mécanisme quelconque, inséré dans la pierre. Je vais le passer aux rayons X.

Mais rien ne semble dissimulé. Les seuls détails qui apparaissent sont des foyers luminescents concentrés au cœur de la masse.

— Je vais le découper pour aller voir. Isolez la pièce, au cas où.

Ernst revêt un scaphandre protecteur, puis, à l'aide d'une énorme scie circulaire, il entreprend de découper une tranche du pilier. Ce dernier semble avoir été percé sur toute sa longueur, et cet orifice a été comblé avec une roche noire. Ernst n'a pas à l'étudier longtemps pour l'identifier. Sa voix, étouffée par le casque et déformée par l'interphone, parvient aux autres qui l'observent au travers d'une vitre épaisse.

— De l'uranium! Ce pilier est bourré d'uranium naturel, non traité. Mais ce qui est incroyable, c'est qu'il a presque perdu son rayonnement. Vous vous rendez compte? Il doit être là depuis des centaines de milliers d'années. C'est insensé!

— La lumière émanait de lui, alors? demande Bular.

— Sans doute. À travers la pierre, la lueur bleutée de l'uranium devenait peut-être jaune, comme passant par un filtre.

— Tâchez de savoir comment ça fonctionne exactement, et tenez-moi au courant.

Bular tourne les talons, songeur. Il jubile intérieurement. «Je tiens enfin la trace concrète d'un savoir ancestral!»

Voilà de quoi répondre à ses associés qui le bousculent un peu, ces temps-ci. Mais ce qui l'intrigue, c'est que, pour le moment, il n'y a aucune trace de la présence de Da Gozal sur le site. Cette trouvaille est-elle le fruit du hasard ? Da Gozal s'était-il rendu ailleurs en Égypte ? Mais dans ce cas, où ?

Dante a l'œil rivé au microscope, examinant avec minutie un des fragments de papyrus apportés par Linda.

— Si l'on se fie aux couleurs rituelles de l'époque, c'est bien d'origine égyptienne. Partout, Osiris était représenté en vert; Amon et Shou, eux, étaient en bleu. Ce qui est anormal, par contre, c'est la qualité exceptionnelle de la trame, comme pour ton tissu.

— Explique ?

— C'est simple. Le papyrus est un papier artisanal, fabriqué au moyen de bandes croisées de tiges végétales pressées ensemble, puis enroulées sur des bâtons.

— Ça, je sais.

— Là, cet aspect artisanal justement n'apparaît pas. Les fibres sont en fait réduites en pâte, mélangées à un liquide, puis tamisées et enfin recouvertes de lamelles de roseau pour leur donner un aspect commun, avant d'être pressées et séchées en feuilles.

— Tu veux dire que c'est du papier ?

— Exact! Pourtant, si je ne m'abuse, le papier a été inventé par les Chinois en 105 après J.-C.

— Puis introduit en Europe par les Arabes.

— Juste! Seulement celui-là, il a au moins trois mille ans.

— Ah bien, ça! Comment expliquerais-tu ce mince détail ? ironise-t-elle.

— Je ne me l'explique pas, c'est bien simple! On dirait que des gens ont trouvé l'art de la fabrication du papier, mais qu'ils l'ont réservé à un usage extrêmement restreint. Tellement restreint qu'ensuite cette connaissance s'est perdue.

— Tu penses à des prêtres.

— Possible ! Peut-être est-ce dû à ces rivalités entre Amon et Aton. Si le papier a été découvert par les adeptes d'Aton, peut-être ont-ils préféré en conserver le secret ?

— Possible ! En tout cas, tu m'apportes plus de questions que de réponses.

— Désolé. Mais si jamais tu trouves la presse d'Akhenaton, tu me la gardes pour ma collection.

— D'accord, promis. En attendant, je t'offre cet échantillon, j'en ai d'autres. Tu vas pouvoir rendre malades les membres de ton association.

— Avec ça, tu parles ! Ils vont en faire une jaunisse !

— Je n'en reviens pas encore. Du reste, ça confirme les découvertes de Zaki Saad et de Garamov.

— En tous points. Dis-moi, êtes-vous obligés de repartir tout de suite ?

— Il le faut, mais, bientôt, ce sont les vacances et on revient vous voir.

— J'y compte bien. Je m'ennuie des enfants, et de vous aussi, d'ailleurs.

— Je vais passer à l'appartement pour prendre le courrier et ensuite on file à l'aéroport. Tu veux venir ?

— Bien sûr ! Christiane ne devrait pas tarder à rentrer du cinéma. J'espère qu'elle n'aura pas trop saoulé Audrey et Stéphane avec toutes ses anecdotes sur la vie des stars.

— Ça m'étonnerait! Quand ils le veulent, Audrey devient une vraie pie et Stéphane se déguise en passoire: il n'entend plus rien.

— Eh bien, vas-y, on te rejoindra à l'appartement. Au fait, pourquoi Patrick s'entête-t-il à le garder?

— Oh! tu sais, il habitait là quand il était étudiant et, un logement à Montmartre, ce n'est pas si facile à trouver. Puis, comme ça, on a toujours un pied-à-terre où loger si quelque chose tourne mal.

— Et notre maison, qu'est-ce que tu en fais?

— Quatre personnes à temps plein! Tu déclarerais forfait bien vite.

Linda, Audrey et Stéphane sont revenus en Égypte après avoir passé trois jours délicieux à Paris, car, il faut bien l'avouer, Dante et Christiane sont de joyeux drilles. Ils arrivent donc d'excellente humeur et le sourire aux lèvres.

Mais lorsqu'ils atteignent le campement, ils constatent que l'ambiance a bien changé : de nombreux ouvriers ont quitté le chantier ; Carine est hospitalisée ; quant à Saiyida, il ne va pas très bien, lui non plus. Malgré tout, Patrick accueille sa famille avec joie et tente de leur résumer un peu les événements :

— Depuis votre départ, les catastrophes se sont succédé. Au début, les ouvriers ont aperçu plusieurs cobras dans les salles.

— Mais ils le savaient et il y avait des gardes en poste.

— Oui, mais ce qui les a effrayés, c'est que les serpents brillaient dans le noir. Les vieilles légendes et les superstitions ont alors refait surface et sont venues s'ajouter à la peur des morsures.

— Eh bien, dis donc !

— Quant à Carine, elle s'est enfermée deux jours en bas, afin de procéder à une étude poussée des fresques. Un matin, on l'a retrouvée allongée sur le sol, dans un état terrible : comme si elle avait été brûlée à plusieurs endroits.

Linda hoche la tête en signe de compréhension.

— Écoute ! J'ai la solution à tous ces mystères. Heureusement que tu n'as pas fait comme elle, sinon tu aurais subi le même sort.

— Oh ! tu m'inquiètes ! De quoi s'agit-il ?

— Bular m'a appelée juste avant mon départ : les piliers lumineux contiennent de l'uranium. C'est ça qui émet la lumière. Peut-être, comme dans certains tombeaux, y en a-t-il aussi sur le sol. Ces radiations doivent être à l'origine des problèmes de santé de Carine. Ça explique aussi tes serpents lumineux : s'ils vivent là depuis plusieurs générations, leur organisme a pu en absorber des doses massives et peut-être s'y accoutumer. On devrait en expédier un à un généticien.

— Le seul avantage, c'est qu'on peut les voir facilement, ajoute Audrey.

— Une dizaine dans un bocal et on n'a plus besoin de lampes de poche, blague Stéphane.

— Ce qui est sûr, c'est que cet endroit est dangereux et les effets de ces radiations sont foudroyants, c'est ce qui m'inquiète le plus, reprend Patrick. Les malédictions d'antan au sujet des tombeaux de pharaons ne sont peut-être dues qu'à cela.

— Oh! à ce sujet, il y a bien d'autres théories, tu sais! poursuit Linda. On raconte notamment que les bandelettes des momies étaient trempées dans l'acide prussique ou le mercure. En s'évaporant, ces poisons détruisent les cellules nerveuses et provoquent des troubles psychiques menant à la folie. Ceci expliquerait, selon certains, pourquoi les tombeaux étaient fermés, alors que la religion imposait de laisser des ouvertures pour l'envol de l'âme des défunts, le Kâ, vers le dieu solaire. L'esprit des morts devait pouvoir voyager à sa guise.

— Je vois. En gardant les lieux clos, on permettait aux poisons de conserver toute leur efficacité.

— Oui, mais remarque que rien n'a jamais été prouvé à cent pour cent. Nous allons devoir prendre des précautions très sérieuses, ici. Pour le moment, condamnons les salles et consacrons-nous à l'étude des photos et des relevés. À part ça, on continue le travail de dégagement de la grotte. De ce côté, du moins, il n'y a pas de problème.

Rapidement, Linda donne des ordres qui semblent rassurer les ouvriers présents.

— Bon, voilà une bonne chose de faite. Où en es-tu avec tes clichés?

— J'ai terminé leur classement. Tout est sur l'ordinateur. On va pouvoir entreprendre des recoupements avec les données déjà connues.

— Parfait. Au fait, Vital, qu'est-ce qu'il trafique?

— Je ne sais pas trop. Il semble bien calme en ce moment. Il rencontre des gens en vue. À mon avis, il doit enrichir son carnet d'adresses et entretenir ses relations. Mais, avec lui, il vaut mieux rester attentif.

Audrey et Stéphane, eux, sont retournés au collège français du Caire, avec le sentiment d'être écartés de la découverte du siècle. La seule conclusion qu'ils ont obtenue, c'est de pouvoir se brancher en réseau sur l'ordinateur de Patrick. Ainsi ont-ils au moins l'impression de continuer à faire équipe avec leurs parents.

Le soir, après les cours, ils se retrouvent donc tous deux pour procéder à l'examen des photos et des références emmagasinées. C'est ainsi qu'un beau mardi soir ils décident de regarder les images des fresques de la seconde salle de la Grande École.

Pour avoir une vue d'ensemble, Audrey programme un quadrillage à l'écran qui lui donne la possibilité de visionner une dizaine de photos à la fois. À gauche, les images du mur sud et, à droite, celles du mur nord. Cette vue d'ensemble permet à Stéphane, très visuel à force d'aider son photographe de père, de se rendre compte d'une anomalie.

— Dis donc, Audrey, c'est drôle, ça ! Regarde la disposition des dessins des fresques : sur le mur sud, ils sont tous tassés sur la droite, alors que ceux du mur nord sont groupés à gauche.

— Et alors ! Ça choque ton sens artistique ?

— Non ! C'est pas ça. Tiens, sélectionne la photo 1 du mur nord et la photo 1 du mur sud.

Audrey clique sur les deux photos et seules ces deux images apparaissent maintenant à l'écran.

— D'accord, voilà !

— Mets-les bien l'une à côté de l'autre. Tu vois ? C'est net !

— Je suis d'accord, mais ça ne nous avance à rien.

Stéphane est soudain fébrile, son imagination est lancée et son cerveau élabore les hypothèses les plus folles.

— Non !… À moins que… Tu peux faire une superposition ?

— Facile ! Attends, je vais faire une sélection dans photo-shop. Quand je pense que je ne voulais pas suivre ce cours d'art visuel informatique à Montréal !

— Ouais ! Tu as bien fait d'y aller, tu te débrouilles comme une pro à présent.

Audrey, tout en pianotant sur son clavier, esquisse un sourire. Les compliments de Stéphane sont plutôt rares.

Deux minutes plus tard, les deux images partielles des fresques se retrouvent l'une sur l'autre, et les adolescents restent un moment silencieux. Sur l'écran, les deux photos n'en forment plus qu'une, elles se complètent à la perfection. Le frère et la sœur en restent bouche bée. Audrey émet un petit sifflement admiratif.

— Dis donc! Les créateurs de cette fresque étaient de petits génies. Ils ont tout d'abord créé un dessin entier, puis ils l'ont divisé en deux.

— Incroyable! approuve Stéphane. Et chacune des moitiés a été peinte séparément, de part et d'autre de la même pièce. Sur une vitre, tout ça semblerait clair mais, sur un mur de brique, c'est le mystère.

— Seule une vision en transparence ou une superposition permet d'obtenir un panorama complet.

— C'est dingue! Mais comment pouvaient-ils l'avoir, cette vision complète, à l'époque? Vas-y, Audrey, procède de la même manière pour les autres photos.

— Tu sais que, des fois, tu m'impressionnes, toi!

— Il serait temps que tu reconnaisses mes talents.

— Je vais y penser.

Deux bonnes heures ont passé: superposition après superposition, la fresque originale est reconstituée dans sa version complète. Ils en sortent une copie agrandie sur papier, afin de pouvoir mieux l'étudier.

— Pour se casser la tête comme ça, ils devaient vouloir cacher quelque chose !

— Le problème, c'est de comprendre quoi, soupire Audrey.

— À nous de nous débrouiller. Après tout, les parents nous ont écartés du site, alors montrons-leur à quel point nous sommes des génies !

— Oui, mais sans mettre la puce à l'oreille de certains esprits fouineurs et scrutateurs.

— Si je traduis bien ta pensée, évitons les relations avec Vital.

— C'est en plein ça !

Ils jouent les étudiants studieux et se rendent à la bibliothèque du collège. Montrant une petite section de la fresque, ils endorment une des responsables avec une histoire de travail libre à remettre sous peu, travail pour lequel ils doivent traduire et comprendre cette image. Ils suivent les conseils de la bibliothécaire et se retrouvent bientôt devant une pile impressionnante de livres qu'ils contemplent avec une moue découragée. C'est alors qu'une voix suave s'élève derrière eux :

— Vous avez l'air d'en avoir plein les bras ?

Le frère et la sœur se retournent pour découvrir une belle brune aux yeux noirs pétillants d'intelligence et au corps svelte. Une lueur s'allume instantanément dans l'œil de Stéphane.

— Oui, plutôt. Je m'appelle Stéphane et voici ma sœur Audrey.

— Moi, c'est Aïsha. Je vous ai vus à la cafétéria. Vous êtes nouveaux ?

— De passage seulement, nos parents sont ici pour quelque temps.

— Ah ! et pourquoi avez-vous l'air si désespéré ?

— Euh ! on a un travail d'interprétation à faire sur ce fragment de fresque et on ne sait pas par quel bout commencer.

Aïsha jette un coup d'œil au dessin, l'examine plus attentivement et dit :

— Je ne me souviens pas l'avoir vue, mais elle date certainement de l'époque d'Akhenaton, à cause des mentions du soleil qui reviennent très souvent, ainsi que le nom d'Aton.

— Tu sais lire les hiéroglyphes ?

— Mon père travaille à l'Institut du papyrus et, comme il n'a pas eu de garçon, il a bien voulu m'apprendre. Vous connaissez un peu Le Caire ?

— Pas beaucoup, on fait la navette entre l'hôtel et le collège. On s'est bien baladés un peu, mais tout ce que l'on a vu, c'est Saqqarah, et encore…

— Je suis née à el-Haraniya, sur la route de Saqqarah. Je vous montrerai, si vous voulez ?

— Oui ! s'empresse de dire Stéphane. Ce serait super !

— Excuse-moi, intervient Audrey, mais est-ce que tu pourrais nous dire comment faire pour déchiffrer le sens de cette fresque ?

— Bien sûr, attends.

Elle pose ses affaires sur la grande table et s'installe à côté de Stéphane qui se penche aussitôt vers elle, comme pour mieux voir le papier. Audrey pousse un soupir : si seulement un garçon s'était arrêté au lieu d'une fille. Stéphane est encore en train de se laisser subjuguer par un joli visage. Aïsha étudie un moment la fresque avant de s'exclamer :

— La facture des dessins est très ancienne, mais certains symboles rappellent ceux des « boîtes à tissus » du temple de Louxor. Le problème, c'est que la partie que vous avez est incomplète, on ne peut pas vraiment l'interpréter. Vous n'avez pas le reste ?

— Si, mais on pensait pouvoir la lire morceau par morceau.

— Impossible ! Ça se compare à un livre : tu ne peux pas comprendre un chapitre si tu n'as lu qu'une phrase.

— C'est quoi, tes boîtes à tissus ? demande Stéphane, pour se donner le temps de réfléchir

— Cela concerne les salles V et XII du temple de Louxor. Des chercheurs se sont rendu compte que la salle « des tissus » et celle de « la boîte à tissus » se complétaient en transparence. En fait, les dessins, qui ne représentaient apparemment que des champs de papyrus ou des colonnes de temples, étaient en réalité un croquis du cerveau humain.

Stéphane et Audrey échangent un coup d'œil complice. Ils sont sur la bonne voie. Finalement, le frère et la sœur se disant qu'à un moment ou à un autre il faut bien faire confiance à quelqu'un, Audrey sort la copie complète de son cartable et la tend à Aïsha.

Aïsha jette un coup d'œil général, puis ses yeux s'agrandissent de stupeur.

— Ah ! c'est fantastique ! Ce n'est pas possible que ce soit un prof qui vous ait donné ça. Une fresque comme celle-là serait connue dans le monde entier. D'où la tenez-vous ?

— Est-ce qu'on peut garder un peu notre secret pour le moment ? On te le dira plus tard.

— J'espère bien, c'est prodigieux ! C'est la première fois que je vois un ensemble qui parle de la Grande École et du rituel du miroir de la vérité.

— L'*Ankh-en-maat*¿

— Oui, tu connais¿

— On en a entendu parler.

— Regardez! Il faut bien suivre les dessins et les hiéroglyphes. Ici, c'est le parcours des aspirants et les épreuves qu'ils devaient franchir avant d'être confrontés au miroir sacré. Il est question aussi de détails techniques que je n'arrive pas à comprendre. Il y a trop de mots que je ne connais pas.

— Ça concerne quoi¿

— La manière de fabriquer un tissu qui protège du «soleil des piliers». Du moins, je traduis ça ainsi, mais je n'en suis pas sûre. Puis il est question d'une salle des morts où l'âme apprend à conquérir sa liberté. À la fin, ce sont les mises en garde habituelles que l'on inscrivait souvent dans les tombeaux: des menaces de mort si l'on s'attarde ou si l'on touche à des objets… Des superstitions, quoi!

— Tu ne les crains pas¿

— Non, mon père m'a énuméré tellement de causes naturelles qui expliquent les croyances, que je n'ai plus peur.

— Là, je partage ton avis. Dis donc, nous, on va retourner à l'hôtel. On peut t'inviter à prendre quelque chose¿

— Merci, mais je dois rentrer aussi. Par contre, demain, il n'y a pas de cours, c'est un congé. Si vous voulez, je vous fais visiter les coins que vous ne connaissez pas.

— D'accord, où se retrouve-t-on ?

— J'habite rue Mari-Girgis, le long de l'ancien mur romain, dans le vieux Caire. Prenez la péniche et venez me retrouver à la station Old Cairo. Je vous y attendrai à dix heures, ça va ?

— Oui, à demain alors.

Aïsha s'éloigne en leur faisant un petit signe de la main. Audrey et Stéphane ramassent leurs affaires et se préparent à sortir à leur tour. Audrey bougonne.

— Toi, tu es reparti pour la gloire. Une belle fille, deux grands yeux, et ça y est !

— Elle est superbelle, non ?

— Oui, elle est jolie, concède Audrey. Viens, on rentre.

1536, Le Caire.

Don Felipe et le père Raphaël entrèrent dans la ville du Caire. Ils étaient tous deux vêtus à la mode arabe de gandouras colorées sous un burnous de laine. Sur la tête, ils portaient une sorte de long foulard : le chèche, ramené devant la bouche pour leur éviter d'avaler trop de sable.

Ils hélèrent un marchand d'eau portant un bât sur les épaules duquel pendaient des dizaines de gobelets ciselés, attachés à des fils de cuir. Ils en attrapèrent chacun un et l'homme y versa le précieux liquide, tout en leur demandant des nouvelles de leur voyage.

Leur soif étanchée, le père Raphaël et Don Felipe discutèrent un moment avec le commerçant, comme c'était la coutume. Puis Don Felipe et son compagnon se remirent en marche dans les rues étroites, bondées de monde. Finalement, ils arrivèrent au but de leur voyage : la synagogue Ben Ezra.

Ils s'approchèrent de la porte des hommes. Quelque part existait une autre entrée, « secrète », qui menait à une plate-forme intérieure : la galerie des femmes. Ils passèrent le porche voûté et entrèrent dans la pièce principale, rénovée en 1025. Le plafond en dos d'âne et les murs étaient recouverts de boiseries, une ébénisterie de fine qualité, quasi aérienne.

L'endroit évoquait la vague d'émigration qui avait eu lieu au XIᵉ siècle, alors que le centre commercial de l'Afrique du Nord s'était déplacé de la Tunisie vers l'Égypte ; les juifs en étaient les principaux migrants. Le commerce était alors florissant, entre la Méditerranée et l'océan Indien.

Avec les immigrés de l'Ifrīqiyya, l'ancien nom arabe de la Tunisie, la synagogue Ben Ezra connut une nouvelle jeunesse. Elle rassembla des groupes d'individus dont les expériences, les voyages et les connaissances étaient étonnants. Les échanges qui en émanaient avaient un rayonnement sur l'ensemble du monde de l'époque.

On y discutait les textes du médecin grec Hippocrate ou de son compatriote Galien dont les idées divergentes agrémentaient les discussions. Tous deux avaient été traduits en arabe. On y commentait aussi les écrits scientifiques des médecins et savants comme ibn Rushd et al-Rāzī. L'une des figures les plus marquantes, un des esprits les plus fins du Moyen Âge était le philosophe médecin et théologien juif, Mûsa ibn Maymûn, dit Moïse Maimonide.

C'est tout cela qui attirait aujourd'hui Da Gozal en ces lieux, mais aussi, et surtout, la *Guéniza* de la synagogue, mot hébreu qui signifie « entrepôt ».

Suivant une vieille tradition, les membres de la synagogue déposaient leurs écrits dans une pièce spéciale du temple, afin qu'on puisse en disposer plus tard selon un rite précis, pour ne pas profaner le nom de Dieu. Partout ailleurs au Moyen-Orient, la *Guéniza* était régulièrement vidée et son contenu, détruit par les prêtres. Le savoir était volatile et objet de mémoire. Mais, à Ben Ezra, tout fut conservé durant huit cents ans.

Le XIIIe siècle connut une baisse importante de l'apport de ces textes, mais avec le XVIe siècle et l'Inquisition espagnole qui les expulsa, une vague d'émigrés juifs arriva en

Égypte. Des parchemins et des livres conti-
nuèrent donc de s'accumuler. Cela durera
jusqu'en 1875, avec le dépôt du dernier docu-
ment.

Après avoir vécu les horreurs des tueries
contre les Turcs et fait un voyage enrichissant
au Yémen, Da Gozal venait ici pour étudier
cette manne intellectuelle.

Avec Raphaël, il pénétra enfin dans la
Guéniza de Ben Ezra, une pièce immense qui
s'élevait sur deux étages et demi. Tout l'espace était occupé par des étagères disposées
en rangées étroites où s'empilaient des milliers de documents : une vision incroyable, un
plaisir pour Da Gozal qui anticipait avec
fébrilité ce qu'il pourrait y découvrir.

Presque sans hésiter, il se dirigea vers la
section la plus ancienne et commença à fure-
ter. Bientôt, là où un érudit yéménite le lui
avait dit, il découvrit plusieurs parchemins
ornés de trois cercles : deux larges et un petit,
disposés en triangle.

Ce signe d'une appartenance au-delà du
temps lui faisait chaque fois chaud au cœur.
D'autres que lui avaient su, savaient et sau-
raient.

8

Audrey et Stéphane retrouvent Aïsha comme il était prévu. Les voilà dans le quartier le plus ancien du Caire, qui remonte à la fondation de la ville lors de la conquête arabe, treize siècles auparavant. Une grande partie de ce quartier est encore entourée de murailles romaines.

— C'est le plus important quartier copte de la ville, explique Aïsha.

— Ça veut dire quoi, « copte » ¿ s'informe Audrey.

— « Copte », c'est un vieux mot qui veut dire simplement « Égyptien ». C'est aussi le nom d'une langue qui vient de celle des patriarches. Les coptes sont chrétiens. Ils ont gardé les rituels des premiers temps du christianisme et n'obéissent qu'au patriarche d'Alexandrie.

— Tu en sais, des choses! s'exclame Stéphane, les yeux brillants.

— Oh! tu sais, je suis copte et mon père n'a pas arrêté de me seriner tout ça depuis que je suis petite. Alors, à la longue, ça finit par te rentrer dans le crâne.

— Évidemment.

— Mais c'est quoi, la différence entre les coptes et les autres?

— Il n'y en a pas vraiment, sinon dans l'esprit des gens. Les coptes sont surtout des intellectuels, des médecins, des avocats, des professeurs. Certains possèdent de grandes fortunes. C'est un groupe à part, une sorte d'élite. Ils ont souvent été écartés du pouvoir. Tiens, par exemple, il y avait même des quotas coptes pour limiter leur présence dans les ministères.

— Tu veux dire qu'on en prenait juste un certain nombre et pas plus?

— C'est ça. Par la suite, les universités leur ont été fermées pendant un certain temps. C'est pour ça que beaucoup s'en vont ailleurs.

En passant entre les vestiges de deux tours romaines, ils découvrent le musée copte. Construit avec des éléments récupérés de multiples maisons, il a une allure curieuse. Aïsha les conduit parmi les salles, leur faisant découvrir sa passion: les poteries manuscrites, le matériel des copistes, les vestiges de fresques égyptiennes ou nubiennes. Audrey, cependant, finit par se lasser.

— Excuse-moi, Aïsha, mais les vieux trucs, on en voit à longueur d'année. Tu n'aurais rien de plus vivant à nous montrer ?

— À longueur d'année ?

— Oui, notre mère est archéologue et notre père photographie des ruines à tour de bras. Alors, tu sais, on baigne là-dedans. Je me demande même s'il n'y avait pas de la pulpe de papyrus dans nos biberons.

Aïsha éclate de rire.

— Vous auriez dû me le dire plus tôt. Venez !

Elle les entraîne dans les ruelles étroites du quartier. Une population bigarrée y fourmille. Les voix rebondissent sur les murs trop proches, créant comme un bruit de fond permanent qui engourdit la pensée. De minuscules étals offrent des souvenirs et des objets quotidiens. Des demeures très anciennes bordent les rues.

Les trois adolescents longent l'église Saint-Serge et arrivent devant le mur d'un édifice où s'empilent des cabanes préfabriquées. Des camelots s'activent derrière leurs étroites tables où sont entassés des chapelets, des colliers, des scarabées en bronze ou en pierre, des bustes de Néfertiti. Souriants, les hommes entourent Audrey et Aïsha, leur passent presque de force des colliers autour du cou et s'extasient devant leur beauté ainsi révélée. Audrey craque et fait l'acquisition d'un scarabée monté en pendentif.

Stéphane, lui, lève le nez et contemple le mur du bâtiment qui semble extrêmement vieux, mais récemment restauré. Il se sent étrangement attiré par ce lieu.

— C'est quoi, cet édifice ? demande-t-il.

— C'est la synagogue Ben Ezra.

Un vieil homme sémillant flaire l'opportunité. Il porte une chemise blanche sur un pantalon léger, la tête coiffée d'un petit bonnet, comme n'importe quel musulman. S'appuyant sur une canne, il s'approche d'eux.

— Bonjour, je suis Amm Shahata, le gardien. Je peux vous faire entrer, je connais tout de la synagogue.

— Mais vous êtes musulman, remarque Aïsha.

— Ça dépend, dit-il avec un grand sourire. Je suis Nathan en hébreu, Shataha en arabe. Je suis aussi juif et donc je peux aller dans la synagogue.

Son charme agit et les trois jeunes décident de le suivre. Nathan les fait donc entrer dans Ben Ezra et les guide au pas de charge à

travers les trois nefs. Il leur montre le chœur
fermé par une arche en forme de fer à cheval,
les invite à admirer la marqueterie enrichie
de nacre et d'ivoire, ainsi que les armoires et
les portes de la Thora. Puis, toujours au
galop, il les fait monter au niveau supérieur
où se trouve la galerie des femmes, avant de
les conduire à un orifice qui donne sur une
pièce vide de deux mètres sur deux.

— Ici, était la *Guéniza,* l'entrepôt, où l'on
a trouvé des tas de documents, il y a des
années.

Aïsha, qui connaît l'histoire des lieux, a
une petite moue amusée, ce réduit n'était en
fait qu'une sorte de débarras ; la vraie *Guéniza* se trouve, elle le sait, de l'autre côté de la
nef. Très vite, Nathan leur fait parcourir l'ensemble de l'édifice, puis les ramène à la porte
et reçoit, avec un large sourire édenté, les
quelques piastres qu'il avait quémandées. De
son petit pas sec, il s'éloigne rapidement, à la
recherche de nouveaux « pigeons ».

Stéphane hésite et, comme poussé par
une envie irrésistible, il retourne à l'intérieur.

— Où vas-tu ? demande Audrey.

— Je veux vérifier un truc.

Stéphane profite d'un groupe de touristes
pour pénétrer de nouveau discrètement dans
l'édifice. Il se dirige vers la partie ancienne,

une section qui n'a pas été rénovée et qu'ils ont traversée, très vite, un moment plus tôt. Il cherche ce qui, tout à l'heure, lui a semblé curieusement familier. Tout d'un coup, il trouve. Là, sur un mur, à presque trois mètres du sol, figurent trois cercles en triangle peints à l'ocre et un peu écaillés. Aïsha et Audrey l'ont rejoint. Stéphane désigne le symbole à sa sœur.

— Regarde, Audrey.

— Le signe de Da Gozal.

— Oui, je l'ai aperçu du coin de l'œil tout à l'heure. Mais avec ce guide qui bondissait comme un ressort, impossible de s'attarder.

— Qui est ce Da Gozal ? s'enquiert Aïsha.

Stéphane l'observe longuement, gravement, et consulte Audrey du regard avant de se décider à répondre.

— Écoute, on se balade encore un peu, puis on s'arrête dans un endroit tranquille. C'est long à raconter.

— D'accord.

Ils débouchent enfin dans le quartier des potiers. Partout, on peut voir des ateliers où les artisans s'activent, pétrissant, tournant la glaise et lui donnant sa forme. Puis ce sont les bains successifs dans des mélanges colorés et des glaçures qui, une fois qu'ils sont cuits, donnent aux objets une teinte verte surprenante et éphémère.

— C'est magnifique, Aïsha.

— Oui, mais venez, je vais vous montrer un autre visage de la vieille cité.

Un moment plus tard, suivant Aïsha, ils arrivent près d'une porte de béton sur laquelle une flèche est dessinée avec l'indication : « Fustāt ». Ils achètent des billets. Tout en marchant, Aïsha leur explique :

— Les tours et les murs que vous avez vus tout à l'heure datent de la même époque que la forteresse romaine construite par l'empereur Trajan. Ce quartier et tout ce coin-ci constituaient le vrai Mişr, l'ancien Caire : Fustāt Mişr, qui est devenu seulement Fustāt avec le temps.

Ils pénètrent au milieu d'un champ de ruines où l'on distingue encore le tracé des rues et un système de canalisation élaboré. Quelques pans de murs en brique se dressent encore. Des restes de colonnes et de chapiteaux jonchent le sol. Au loin, en arrière, on peut distinguer la silhouette de la ville moderne : contraste étonnant.

Mais le pire, c'est l'odeur. En fait, ils ont senti Fustāt bien avant d'y entrer, car les ruines sont devenues un immense dépotoir à

ciel ouvert. Aïsha les conduit vers un maré-
cage couvert de roseaux au bout d'un sentier
poussiéreux. Par endroits, des matières en
décomposition se sont enflammées sous l'action du soleil et une fumée grisâtre monte
vers le ciel. Nullement incommodés, des enfants en haillons empilent des morceaux de
carton pour les transformer en cabane. Ils se
chamaillent et rient, prenant plaisir à leurs
jeux.

— Pourquoi nous amènes-tu ici ? C'est
une vraie puanteur ! râle Audrey.

— Pour des passionnés d'archéologie
comme vous, je trouvais ça important. C'est
ici, dans cette vase et ces marécages, qu'on a
retrouvé des porcelaines chinoises et des
fragments de tissus indiens parmi les plus
anciens qui soient connus. Les rares traces du
commerce qui a toujours existé avec l'Asie au
cours des siècles.

— On apprécie beaucoup l'intention,
mais tu n'aurais pas quelque chose de plus
agréable à visiter.

Audrey se pince le nez, n'ouvrant la
bouche qu'à la limite de l'étouffement.

Aïsha éclate d'un rire clair et, d'un pas
décidé, elle les entraîne au bord du Nil où elle
connaît un petit café. Ils prennent place dans
un jardin intérieur au pied d'un mur en fonte

ouvragée. Ils commandent des cafés turcs auxquels Audrey ajoute des loukoums.

— À tes risques et périls, déclare Stéphane, avant d'entreprendre de raconter leurs aventures à Aïsha et leur étrange lien avec Don Felipe Da Gozal.

Une explosion retentissante secoue les Champs-Élysées. Elle vient de se produire au sous-sol d'un hôtel privé, non loin de là. Celui d'Érasme Bular. Le bâtiment semble agité de soubresauts incongrus tandis que des gens en sortent en courant, affolés et hurlants. Puis une poussière noirâtre fuse des fenêtres du sous-sol, se gonflant en un nuage épais qui dissimule, comme par pudeur, l'effondrement de l'immeuble deux fois centenaire. Il se tasse sur lui-même, comme privé de soutien intérieur, et lentement s'écroule. Un grondement effroyable retentit alors, en décalage avec l'événement. Les passants s'arrêtent et se massent à distance pour assister, impuissants, à la catastrophe. Chacun y va déjà de sa version des faits, tandis qu'au loin s'annoncent les sirènes des voitures de pompiers et de police.

Ernst, qui voulait en savoir plus sur le pilier, a procédé à diverses expériences dont l'une, destinée à réactiver le mécanisme, a eu des conséquences tragiques : sans doute une réaction imprévisible de l'uranium. C'est une mini-bombe atomique qui a explosé. Heureusement, la salle étant blindée et située sous terre, l'impact de la déflagration a été limité. Les immeubles voisins semblent s'en tirer avec de longues balafres et des vitres cassées.

Bular, qui a eu la chance de s'être absenté pour aller à son musée, revient aussitôt pour constater les dégâts. Son cher hôtel particulier s'est affaissé sur lui-même, comme se repliant par le centre. Son univers secret vient de disparaître. L'enquête va forcément révéler les pièces souterraines qu'il a fait ajouter : des problèmes en perspective. Bular réagit très vite. Avec les années, il est devenu un homme influent. Après quelques coups de téléphone urgents, il entreprend la tournée des personnages clés qu'il connaît. Il désire, avant toute chose, étouffer l'affaire et limiter l'enquête.

Les journaux des jours suivants ne mentionneront qu'une explosion due au gaz. Cependant, Ernst Duval et plusieurs de ses assistants sont morts dans l'explosion. Quant au pilier, c'est une perte totale, ainsi que bon nombre d'objets exceptionnels qui se trouvaient dans une pièce annexe du laboratoire.

Furieux, mais aussi passablement perturbé, car il n'ose imaginer ce qui serait arrivé avec un pilier encore fonctionnel, Bular décide de déménager ses pénates de directeur dans un bureau du musée. Comme il possédait aussi un petit appartement sur les lieux, sa vie personnelle prend également un autre tournant. Il logera durant quelque temps dans sa maison de campagne de Saint-Germain-en-Laye, dominant l'un des méandres de la Seine. Dans l'immédiat, il a réussi à endiguer les problèmes les plus criants, mais ce qui l'inquiète le plus, ce sont les requêtes futures de certaines personnes bien placées qu'il a rencontrées. «Un service en attire un autre», certes, mais là ! Pour la première fois de sa vie, Érasme Bular se sent piégé.

Pendant ce temps, le déblaiement des grottes se poursuit à Saqqarah. Les ouvriers ont découvert une petite pièce où s'alignent cinq momies simplement enveloppées de bandelettes : sans doute des serviteurs. Cela augure plutôt bien, il doit y avoir un tombeau un peu plus loin.

Vital arrive alors, complètement bouleversé.

— C'est affreux ! Il y a eu une explosion au siège social de la Fondation. Le pilier a été détruit, Ernst est mort et le laboratoire est parti en fumée.

— Quoi ! s'exclame Linda, le musée ?

— Non, l'hôtel particulier. C'est une ruine ! Les archives sont détruites, des objets…

Voyant tout d'un coup le regard que Linda pose sur lui, Vital réalise qu'elle ignore tout des installations secrètes de Bular. Son émotion vient de le trahir. Il tente aussitôt de faire diversion.

— Heureusement qu'il nous reste tout ça ici, nous allons pouvoir étudier les piliers en activité. Et puis Bular est indemne.

— Qui était Ernst ?

— Oh ! un ingénieur que Bular avait chargé d'examiner le pilier, pour savoir comment il pouvait émettre de la lumière.

— Et sa mort vous met dans cet état ? Vous ne m'aviez pas habituée à tant de sollicitude, Renaud.

— C'était un garçon très bien, nous avions sympathisé.

— Je vois.

— Où en êtes-vous ?

— Nous continuons l'étude des fresques. Pour le moment, nous nageons dans le brouillard. Je n'arrive pas à comprendre ce qu'elles signifient. Mais la mise au jour des cinq momies annonce sans doute quelque chose.

— Espérons-le, espérons-le ! Rien d'autre sur les salles souterraines ?

— Non, et considérant l'état de Carine, je doute que ce soit une bonne idée de nous y attarder tant que nous ne comprenons pas ce qui s'y passe. Nous avons au moins réussi à écarter le spectre de la malédiction.

— Si vous le désirez, je peux en parler à des traditionalistes d'ici, ils auront peut-être une idée.

Juste à cet instant, la momie qui se trouve sous la tente et que Patrick photographie, lève le bras et le tend vers Vital, comme pour le désigner spécifiquement. Vital pousse un cri d'horreur et devient blanc comme un drap. Linda et Patrick éclatent de rire.

— Mais qu'avez-vous à rire ? s'offusque Vital. Vous disiez que la malédiction était écartée et cette momie semble m'accuser de je ne sais quoi.

— Mon pauvre Renaud, je crois que vous auriez besoin de repos, vous devenez complètement paranoïaque.

— Pas du tout !

— C'est un phénomène très rare, mais connu. Regardez ! Pour prendre ses photos, Patrick a été obligé de placer la momie dans la lumière, mais le soleil a tourné. L'échauffement des tissus a provoqué une rétraction et tiré le bras en avant. La difficulté sera maintenant de lui redonner sa position initiale.

— Vous êtes certaine ?

— Absolument ! Rassurez-vous, vous n'êtes pas encore maudit.

Vitral expire bruyamment, visiblement soulagé. Il jette un dernier regard inquiet vers la momie avant de s'éloigner.

— Je crois qu'il a eu la peur de sa vie, constate Patrick avec un sourire.

— Il y a des chances… Ce qui m'intrigue le plus, c'est ce qu'il a dit avant.

— Oui, à propos de ce laboratoire dans l'hôtel particulier ?

— Tu as noté, toi aussi.

— Forcément. Je crois qu'on nous mène en bateau depuis le début et j'aimerais bien savoir pourquoi.

— Moi aussi, j'ai de plus en plus l'impression d'être un pion sur un échiquier, pion que Bular déplace à sa guise.

— Nous allons devoir approfondir la question.

— Après l'exploration de ce site, nous tâcherons de prendre des vacances, histoire de faire le point.

— D'accord. Fais attention à la momie, je ne voudrais pas qu'elle tende les deux bras au tout-venant.

La fin de semaine arrive enfin. Aïsha, Audrey et Stéphane profitent d'un peu de liberté. Aïsha a la tête pleine d'un univers fantastique, depuis que ses nouveaux amis lui ont raconté leur épopée sur les traces de Don Felipe Da Gozal. Curieusement, ce dernier ne s'est pas encore manifesté depuis leur arrivée en Égypte, mais les trois cercles ne laissent maintenant aucun doute.

— Je crois que mon père pourrait nous aider, il connaît bien la *Guéniza* pour avoir étudié plusieurs des documents la concernant.

— D'un autre côté, il faudrait informer nos parents de notre découverte sur les fresques. D'après ce que tu dis, Aïsha, il y a là pratiquement le plan de toutes les salles.

— Oui, mais ce n'est visible qu'en utilisant la transparence, comme vous l'avez fait. Sinon, on peut passer cent ans à chercher.

— Moi, je vais aller leur expliquer ça, dit Audrey sur un ton décidé. Vous deux, allez voir le père d'Aïsha et tâchez d'en savoir plus sur Da Gozal.

Un peu étonné, Stéphane observe sa sœur du coin de l'œil. Habituellement, elle ne le laisse pas si aisément seul avec une fille qui lui plaît.

En fait, Audrey a beaucoup réfléchi depuis quelque temps. Elle est bien décidée à ne plus revivre les affres d'une jalousie mal placée comme celle qu'elle a connue à Mexico, envers Annabella. Son vif intérêt pour Makinac, en Ontario, l'a ramenée à la réalité : elle comprend mieux ce que peut ressentir son frère. Si Makinac n'avait pas voulu devenir un futur chaman, elle aurait bien aimé vivre une histoire d'amour avec lui[9]. Comprenant qu'elle aussi a envie d'éprouver des sentiments pour un garçon et que, peut-être, elle est prête pour une vraie relation amoureuse, elle accepte désormais plus facilement les

---

[9] Lire *Les cubes d'obsidienne* et *L'île du Serpent de la Terre,* dans la même série.

coups de cœur de son frère. Et puis Aïsha est belle, intelligente, et Audrey aimerait bien s'en faire une amie.

Elle donne une petite tape sur le bras de son frère et lui fait un clin d'œil.

— Ouais ! Je t'assure, ajoute-t-elle simplement.

Par le regard qu'ils échangent alors, ils savent qu'une nouvelle complicité s'installe entre eux. Ils viennent de franchir un pas important dans leur vie ensemble.

— Le plus simple serait de prendre un taxi collectif pour Saqqarah, avec des touristes, propose Aïsha, qui n'a pas compris ce qui vient de se passer entre eux en quelques secondes. Il nous déposera au passage à el-Haraniya. C'est là que se trouve mon père en ce moment, dans la maison familiale.

Une heure plus tard, une Renaud vétuste roule à tombeau ouvert en direction des pyramides. À l'arrière, Aïsha, Audrey et Stéphane sont serrés comme des sardines, en compagnie d'une Américaine maigre comme un piquet et verte de peur.

Tout sourire, le chauffeur baragouine des informations touristiques, mélangeant allègrement le français, l'anglais et l'arabe.

À côté du conducteur, le mari de la dame, plutôt grassouillet, s'accroche désespérément à ce qu'il peut. Il ferme de temps à autre les yeux dans une prière muette, remerciant sans doute aussi le ciel de l'avoir pourvu d'amortisseurs naturels.

Aïsha et Stéphane descendent les premiers, contents de n'avoir pas à faire le reste du trajet dans ce tas de ferraille. Ils empruntent un étroit sentier de pierres — un raccourci, selon Aïsha — et atteignent enfin un petit village.

Stéphane découvre une cinquantaine de maisons carrées, construites en pisé, une maçonnerie simple, faite de terre argileuse, de paille et de cailloux compactés. Chaque habitation est surmontée d'une terrasse sur le toit où s'entassent, comme jadis, le foin et le bois de chauffage. Dans les murs apparaissent des trous, à intervalles réguliers. Ce sont les assises des échafaudages utilisés lors de la construction. L'ouvrage terminé, ils ne sont pas bouchés et servent à maintenir l'élasticité des parois.

Au passage, ils croisent des femmes de tous âges en *fustân* noire, la robe lourde et informe que portent les paysannes. Aïsha montre à Stéphane une petite maison en terre.

— C'est l'école Wissa Wassef. Wassef, le fondateur, disait que seuls les enfants peuvent avoir une véritable création artistique, parce qu'ils n'ont encore subi aucune influence. C'est une école très réputée en Égypte. Les enfants y créent des tapisseries uniques et on les laisse travailler en toute liberté, au gré de leur inspiration.

— Il est toujours là, Wassef ¿

— Non, il est mort. Ce sont ses filles qui s'occupent de l'école aujourd'hui.

— Tu y es allée, toi ¿

— Il y a longtemps, oui. J'y ai appris la poterie et le batik. Mais, je préfère l'égyptologie. Tiens, on arrive.

Elle désigne une petite maison en pisé devant laquelle sont assis plusieurs hommes qui discutent ferme, en fumant leurs narghilés, des sortes de grandes pipes à eau. L'un d'eux, en djellaba bleue amidonnée et coiffé d'une calotte de dentelle blanche, se distingue des autres. Sa tenue indique clairement qu'il ne gagne pas sa vie en labourant. C'est Nabeel, le père d'Aïsha. Restant assis, il accueille sa fille avec joie :

— *Ya Amitab Aïsha*[10]¿

— *Koullou al! Inta*[11]¿

Nabeel, lui, se contente de hocher la tête, puis, se tournant vers Stéphane, il demande :

---

[10] Comment vas-tu, Aïsha ¿
[11] Tout va bien ! Et toi ¿

— *Wa min inta*[12]؟

— Il s'appelle Stéphane, c'est un ami du collège. Il s'intéresse à ton travail et à la *Guéniza*.

— Bien, bien.

— *Ahlan we sahlan*[13]*!* articule Stéphane avec difficulté.

Les autres rient de plaisir devant son effort.

— D'où viens-tu؟ demande, en français, un des hommes.

— De Paris.

— Tu n'es pas Français, tu es d'Asie؟ remarque un autre.

Stéphane réalise que son interlocuteur fait allusion à la couleur de sa peau et à la forme de ses yeux, car lui-même n'y pense plus.

— Je suis né en Indonésie, mais j'ai été adopté et élevé en France.

— Ah, tu es hindou؟

— Non.

— Musulman؟

— Non plus.

— Chrétien, alors؟

— Euh… oui… je ne pratique pas beaucoup, mais…

---

[12] Qui es-tu, toi؟
[13] Bonjour !

L'homme relève sa manche et montre une petite croix chrétienne tatouée sur son bras.

— Je suis copte.

Cette sorte de reconnaissance semble lui suffire pour accueillir Stéphane. Nabeel l'interroge de nouveau :

— Alors, tu viens me voir au sujet de textes anciens ?

— J'aimerais savoir si vous avez vu des documents portant ce signe ? répond Stéphane en montrant le dessin des trois cercles.

Nabeel se perd dans la contemplation du symbole, semblant puiser en lui un souvenir lointain. Depuis des générations, chaque père transmet le secret à son fils. Depuis des lustres, il est dit qu'un jour quelqu'un viendra et montrera ce signe. Mais jusqu'ici personne n'était venu.

Plus jeune, Nabeel avait accueilli cette charge comme un honneur : il était le détenteur d'un secret, le gardien de « quelque chose » dont il ne savait rien. Et voilà que c'était ce tout jeune homme qui, aujourd'hui, venait vers lui pour chercher ce à quoi sa famille s'était vouée.

Il voit Stéphane avec une gravité soudaine, presque de la déférence. Il ne peut s'agir que d'un élu, même s'il semble ignorer ce qu'il vient chercher. Mais, pour Nabeel, un élu est un être hors du commun, à qui l'on doit le respect. Il redresse enfin la tête et, reprenant son rôle d'ancien, il observe Stéphane, d'un œil encore étonné. Sa voix est pourtant empreinte d'une bienveillance nouvelle.

— Je ne pensais pas que ce serait un si jeune homme qui me serait envoyé. Les voies du ciel sont étranges. *Insh' Allah*[14]!

Il se lève, laissant retomber sa djellaba sur ses pieds chaussés de sandales.

— Accompagne-moi.

— Je peux venir, père ?

— Qui suis-je aujourd'hui pour t'empêcher d'aller où tu veux ?

Ils entrent dans la maison où règne une fraîcheur agréable.

Nabeel grimpe un petit escalier de quelques marches qui mène à une grande pièce d'un seul tenant. Là, il décroche un couteau du mur et retire une jarre antique de la niche qu'elle occupe. Rapidement et avec force, il enfonce la lame dans le plâtre blanc, à un endroit bien précis. Une poussée sèche dé-

---

[14] Ces mots prennent plusieurs sens comme : «À la grâce de Dieu !» ou : «Dieu est grand !» ou encore l'équivalent de : «Les voies du Seigneur sont impénétrables».

clenche l'ouverture d'un panneau de bois parfaitement dissimulé.

Le plâtre s'écaille et tombe en plaques, pendant que la petite porte pivote dans un grincement plaintif, révélant une petite armoire de cèdre : bois précieux et odoriférant qui empêche la putréfaction des objets qu'on lui confie.

Nabeel avance la main dans l'ouverture et en retire, avec précaution, une dizaine de parchemins, tous estampillés du fameux symbole des trois cercles.

— Dans ma famille, ces documents ont été légués de génération en génération, attendant que vienne le porteur du signe. Je suis honoré de te les remettre.

Stéphane ne sait plus quoi dire. A-t-il été guidé ? Une fois encore, tout se passe comme si Don Felipe Da Gozal savait exactement ce qui allait se produire. Mais comment diable l'aurait-il su ? La rencontre avec Aïsha était-elle un hasard complet ? Le fait que son père soit le gardien de ces textes est-il une coïncidence incroyable ? Avec le sentiment de participer à un acte des plus mystérieux, Stéphane prend les documents. Avec mille précautions, il ouvre le premier feuillet. Une fine écriture arabe couvre le papier.

— Je n'y comprends rien ! avoue-t-il.

Nabeel plonge la main dans la poche de sa djellaba et en extirpe une petite paire de lunettes. Ils s'approchent tous trois d'une table et s'y installent. Suivant les lignes du bout du doigt, Nabeel entreprend de traduire pendant que Stéphane prend des notes sur le calepin qu'il a pris soin d'emporter.

Trois bonnes heures plus tard, Stéphane et Aïsha prennent congé de Nabeel pour se rendre à Saqqarah.

— Merci de tout cœur, Nabeel. Je ne sais pas vraiment ce que nous trouverons là-bas, mais je souhaite que ce soit utile à tous.

— *Insh' Allah.*

— *Sa'îda, mahasalama*[15]*!* tente cette fois d'articuler Stéphane, déclenchant de nouveau le rire sympathique du père d'Aïsha.

---

[15] Au revoir !

Lorsque Aïsha et Stéphane parviennent au campement, l'excitation est déjà à son comble. Après avoir écouté les informations d'Audrey, Linda demande à Saiyida de rouvrir la grotte souterraine. En compagnie du contremaître, de Patrick et d'Audrey, qui a catégoriquement refusé de rester en surface, Linda suit les indications de la fresque. Cette dernière est effectivement un plan précis du trajet d'initiation des étudiants de la Grande École.

Bientôt, ils débouchent dans une nouvelle petite salle de six mètres sur quatre, dont un bassin, vide aujourd'hui, occupe le centre. Ils en longent le côté et poussent sur un moellon qui ouvre une nouvelle porte. Cette fois, ils entrent dans une sorte de salle du trône.

Un plancher de marbre s'étend sous leurs pieds. De chaque côté, des statues couvertes d'or et de pierres précieuses mènent à trois marches qui, elles, conduisent à un siège de bois isolé, peint avec art et minutie de scènes magiques. À côté de lui, gisant sur le sol, une énorme représentation d'un disque solaire symbolisant Aton, le dieu unique, et qui, jadis, devait être suspendu au-dessus du siège. La pièce n'est pas très grande, elle non plus : huit mètres sur cinq environ, elle ne devait accueillir que des groupes restreints.

Linda est émerveillée, ses mains en tremblent. Ils ont découvert, en moins d'une heure, un ensemble qui ferait rêver n'importe quel archéologue de la planète. Le roc et le sable ont sauvegardé toute la perfection du lieu.

— D'après les indications de la fresque, un escalier devait remonter d'ici à la surface au sein d'un temple voué à Râ, le dieu solaire. Il faudra en dégager l'entrée.

Linda accroche Audrey au passage et la serre très fort contre elle, ne pouvant réprimer sa joie.

— Audrey, c'est absolument incroyable, insensé, inespéré ! Cette salle vous sera entièrement dédiée, à Stéphane et à toi.

— Chouette, ça fera un super appartement ! s'exclame Audrey.

Ils éclatent tous de rire, heureux comme jamais ils n'auraient pensé pouvoir l'être.

Une nouvelle surprise les attend pourtant. De retour à la lumière du soleil, ils aperçoivent Stéphane et Aïsha qui arrivent en courant. Aussitôt, Linda leur raconte la découverte qu'ils viennent de faire. Patrick transfère rapidement ses photos numériques sur l'ordinateur pour donner aux deux jeunes un aperçu des merveilles qui se cachent là-dessous.

Après avoir partagé leur joie, Stéphane se décide enfin à relater leur propre découverte.

— C'est peut-être beaucoup d'émotions en une seule journée, mais nous ne sommes pas au bout de nos surprises.

— Que veux-tu dire ?

Stéphane sort les documents confiés par Nabeel.

— Grâce à Aïsha, nous avons également retrouvé la trace de Don Felipe Da Gozal.

— Je me doutais bien qu'on finirait encore par le croiser.

— Dans ces papiers, il raconte comment il a été initié dans la Grande École et a été reçu par les adeptes qui perpétuaient les enseignements de l'Égypte ancienne. Il décrit les salles que vous avez trouvées. Elles sont parfaitement identifiables, maintenant que l'on sait de quoi il parle.

— Cette Grande École était donc encore en fonction au XVIe siècle ! Da Gozal a eu la chance de la connaître alors qu'elle était encore en activité : c'est extraordinaire ! Ça va nous aider à bien saisir le rôle des lieux.

— Il y a plus, maman !

— Plus ? reprend Patrick.

— Don Felipe dit qu'il a visité la cité cachée d'Akhetaton !

— Quoi ! s'exclame Linda en se laissant tomber sur un siège.

— Oui, et je pense que, si l'on arrive à bien traduire ce qu'il écrit, nous pourrons la voir, nous aussi.

— Arrête ! Là, c'en est trop. Je n'y crois pas ! Mais vous rendez-vous compte que ce que nous avons trouvé est déjà aussi important que le tombeau de Toutânkhamon. La ville d'Akhetaton : ce serait… ce serait…

— La consécration complète, Patrick. En tout cas, pas d'affolement ! Gardons les idées claires. Dans un premier temps, nous allons enregistrer la mise au jour de ces salles et faire une première déclaration. Suivons les procédures.

Les deux semaines qui suivent sont mises à profit pour répertorier les objets, établir des plans en trois dimensions, ce qui, avec l'ordinateur et les photos numériques, ne prend que quelques heures. Ils doivent aussi faire face aux hordes de journalistes et d'équipes de télévision qui affluent du monde entier. Saiyida est obligé d'organiser un service d'ordre musclé pour contenir le désir de chacun d'obtenir un reportage privilégié.

Patrick profite de sa préséance pour publier les premières photos des lieux, accompagnées d'articles de son cru. Vital, qui a rappliqué dès qu'il a été informé de la présence des caméras, ne cesse d'accorder des entrevues au nom de la Fondation Bular. Il met beaucoup d'emphase sur la qualité de l'équipe qu'IL dirige et sur le rôle essentiel qu'IL joue dans cette affaire.

Marek Sebka, quant à lui, a une attitude toute différente. Mettant en avant le travail de Linda et de son conjoint, il se permet même quelques allusions à l'apport d'Audrey et de Stéphane. Au bout d'un certain temps, les médias ne s'y trompent plus et Vital doit, de mauvaise grâce, laisser la vedette à Linda.

Au nom de son pays, Sebka prend l'initiative d'emmener les journalistes, par petits groupes, visiter ce qui jadis était l'une des écoles spirituelles les plus secrètes d'Égypte.

Enfin rassasiée, la meute journalistique repart, laissant l'équipe de fouille à sa besogne.

Une mauvaise nouvelle vient cependant ternir la joie des chercheurs : Carine Wales a succombé aux brûlures dues aux radiations. Malgré les soins qui lui étaient prodigués, le mal a agi avec une virulence effroyable. Heureusement, l'identification rapide de l'origine des radiations a évité de nouvelles rumeurs quant à une quelconque malédiction. Carine s'est battue jusqu'à la fin, souffrant horriblement de ce feu d'enfer qui la consumait de l'intérieur.

Lorsque Bular apprend la disparition de sa collaboratrice, il se recroqueville dans son fauteuil, complètement anéanti : le sort semble s'acharner sur son groupe occulte. Si peu enclin d'habitude à laisser parler ses émotions, il sent des larmes lui monter aux yeux. Non qu'il ait bien connu Carine, mais cette mort s'ajoute à tous ses problèmes et l'affecte malgré lui. Sa jeunesse difficile dans une banlieue pauvre l'a obligé à se construire une épaisse carapace d'insensibilité. Il a lutté dur pour se rendre là où il est. Mais là, c'en est trop !

Il ne lui reste plus que Renaud Vital, Hubert Desquand et quelques assistants qui, heureusement, n'étaient pas dans les locaux souterrains le jour de l'explosion. Avec énergie, Bular se raccroche à ses vieux réflexes ; écartant l'émotion qui risque de le submerger, il se concentre sur la situation nouvelle.

Son musée bénéficie maintenant d'une telle renommée internationale qu'il se voit contraint d'ouvrir les portes de ses salles tous les jours de la semaine et d'accorder quelques entrevues au nom de sa Fondation. Il lui reste un certain pouvoir et cela le réconforte un peu.

Stéphane a profité indirectement de toute cette agitation. Tous ces journalistes et la télévision l'impressionnent. Comme il a dû, lui aussi, se soumettre à des entrevues, cela lui a donné, aux yeux d'Aïsha, une certaine aura de star qui l'enchante.

À deux reprises, Stéphane lui a même demandé de poser avec lui : avoir sa photo dans un journal ne déplaît pas du tout à Aïsha.

Tout ce remue-ménage leur a également permis de s'éclipser à quelques reprises et de filer au bord du Nil pour embarquer sur une felouque et vivre ainsi des moments plus intimes, teintés de romantisme.

Ils ont aussi beaucoup parlé. Stéphane, qui vient de fêter ses dix-sept ans, commence à penser qu'à cet âge « vénérable » il va devoir se montrer plus sérieux : un vœu pieux, très certainement. Mais en ces instants, il se sent plus mûr et empli d'un sens des responsabilités qui, habituellement, le fuit joyeusement. Pour une fois, il a l'occasion de passer plusieurs mois au même endroit. Il comprend mieux ce que son père lui a dit, un jour, à propos de la stabilité nécessaire aux relations amoureuses. Il aime se trouver là, en compagnie d'Aïsha, parler et rire avec elle. Ils ont déjà échangé quelques baisers, mais sans aller plus loin. Il n'ose pas anticiper.

Ce n'est qu'un mois plus tard, d'autres événements ayant pris le devant de la scène et la majeure partie du travail étant accomplie, que Linda a enfin le temps de vérifier, avec les siens, l'hypothèse de la cité d'Aton.

Avec attention, elle relit les notes de Stéphane d'après la traduction de Nabeel. Da Gozal y reprenait l'histoire d'Akhenaton :

« Aménophis III et son épouse Tiyi eurent plusieurs enfants dont Akhenaton et Semenkharê. Akhenaton, l'aîné, était un personnage particulier, mi-politique, mi-mystique. On le connaît surtout parce qu'il a remplacé le culte d'Amon et d'une bonne partie des divinités locales par celui du dieu unique Aton, le dieu solaire. C'est pourquoi il changera de patronyme et deviendra Akhenaton (« celui qui plaît au disque Aton »). Il épousa Néfertiti qui prit une place importante dans son gouvernement, devenant corégente.

« Il promulgua l'art sous toutes ses formes et privilégia la foi en un dieu unique. Oubliant trop souvent la politique extérieure, il laissa s'effondrer l'Empire égyptien d'Asie, perdit les ports phéniciens et n'intervint pas dans les révoltes des Bédouins en Palestine. Les Hittites en profitèrent pour s'emparer du royaume du Mitanni, prenant une place prépondérante au Moyen-Orient.

« Akhenaton s'éloigna de Thèbes, la capitale de son père, gagnant la Moyenne-Égypte en face de la ville d'Hermopolis, siège du collège des prêtres-savants les plus réputés. Il se préoccupait surtout de la construction de sa nouvelle capitale, Akhet-Aton (« l'horizon du disque solaire »). Les prêtres d'Amon, bafoués, préparaient leur revanche.

« À sa mort, après dix-sept années de règne, lorsque le culte d'Amon redevint prépondérant, on dit que les prêtres se vengèrent enfin, détruisant la cité d'Aton et la réduisant à l'état de sable.

« On dit aussi que son corps subit le même sort. Cependant, dans la Grande École, j'entendis une autre version. À la mort d'Akhenaton, son frère Semenkharê prit le pouvoir pour un temps très court avant de le céder à Toutânkhaton qui devint très vite Toutânkhamon sous la pression des prêtres qui favorisaient le retour au culte d'Amon. Cependant, comme les trois pharaons étaient très liés et qu'ils étaient grands prêtres, leurs momies eurent le crâne rasé comme il est d'usage, bénéficiant ainsi du respect dû à leur rang.

« La momie d'Akhenaton ne fut donc pas détruite, mais déposée au cœur de la cité secrète d'Aton. Une ville protégée, entièrement dédiée à la science, où l'on étudiait les astres grâce à des miroirs soigneusement façonnés, suivant d'antiques méthodes. On y apprenait, dans la Grande École, l'art de devenir soi-même. Cette cité accueillait des gens venus de partout à travers le monde pour y échanger connaissances et idées.

« La ville utilisait la puissance du soleil, on y avait imaginé des systèmes complexes qui puisaient l'eau et pouvaient la chauffer. Il y avait aussi des colonnes étonnantes diffusant une lumière mortelle dont on se protégeait en portant des vêtements tissés selon une méthode particulière. Les maîtres de l'école m'ont confié que ces piliers ont été apportés, voici des milliers d'années, par des envahisseurs, les peuples de la mer, survivants d'une île nommée Atlantis et dont je n'avais jamais entendu parler. Il semble que ces hommes aient été belliqueux, car ce sont leurs descendants qui auraient de nouveau agressé l'Égypte du pharaon Ramsès III. Cependant, je dois bien admettre que leur science est étonnante, mais leurs secrets semblent perdus, car personne n'a pu m'expliquer le fonctionnement de ces piliers de lumière.

« Plus tard, j'ai eu l'occasion de visiter ce qui reste de la cité d'Aton, non loin, au nord-est de la Grande École. Certains utilisent encore ce qui en demeure. Mais il n'y a là aucun pilier de lumière, car, comme le grand prêtre me l'avait confié, ils étaient dangereux pour l'être humain, c'est pourquoi les anciens d'Atlantis eux-même gardaient leurs distances. La cité est recouverte par les sables, car elle est souterraine. La région est crainte en raison des sables mouvants qui s'y trouvent. Mais ces mouvements du sol ne sont dus qu'aux multiples trous qui permettaient au soleil d'y pénétrer pour illuminer le pharaon. »

Linda arrête sa lecture, méditative. Se pourrait-il vraiment que ces piliers soient les vestiges d'une science perdue, issue de la légendaire Atlantide ? Quant aux envahisseurs qui ont fait la guerre à Ramsès III, elle se souvient qu'à cette époque, vers le XIIe siècle avant le Christ, de nombreuses invasions ont effectivement eu lieu. Les Doriens attaquaient la Grèce, les Phrygiens anéantissaient l'Empire hittite, et les Philistins donnaient leur nom à la Palestine, personne cependant n'avait jamais établi de lien entre ces agresseurs et une quelconque parenté avec l'Atlantide.

Songeuse, Linda décide d'aborder les problèmes plus concrets et prend la carte du site. Elle a tracé sur le plan de la région les limites des salles de la Grande École. Son stylo s'oriente vers le nord-est et trace une ligne, une direction. Là, il n'y a que du sable, des dunes à perte de vue. « Que peut signifier "non loin", selon lui ? » réfléchit-elle.

— Saiyida !

Le contremaître arrive rapidement.

— Je voudrais que tu prennes quelques hommes et que tu agisses avec beaucoup de prudence. Vous allez vous encorder et avancer vers le nord-est, par là. Il doit y avoir des sables mouvants ?

— Oui, plein. Je connais cette région, c'est très dangereux.

— C'est pourquoi je te demande d'être prudent et attentif. Nous allons faire comme pour la Grande École.

— Avec la caméra ?

— C'est ça, mais d'abord il faut situer les sables mouvants avec précision.

Le visage de Saiyida s'éclaire d'un grand sourire.

— Je comprends, vous croyez qu'il y a peut-être d'autres salles?

— Exactement. Mais pour le moment je voudrais localiser les endroits où se trouvent ces trous.

— D'accord, j'ai quelques hommes courageux et fiables.

— Faites bien attention.

— Comptez sur nous.

Trois jours plus tard, une trentaine de points, localisant les *fech-fech,* sont marqués sur la carte, parfaitement identifiés. Linda décide d'explorer l'un des plus proches de la Grande École ainsi qu'un autre, au centre de la zone.

Les deux premiers sondages ne donnent rien : du sable et encore du sable. Par contre, le troisième débouche très vite sur le vide. Cette zone est alors isolée et la soufflerie de Saiyida est remise à contribution.

Audrey est finalement devenue très amie avec Aïsha. Elles courent toutes deux les magasins, sans que Stéphane s'interpose et les accompagne chaque fois. Une sorte d'équilibre à trois s'est installée entre eux et chacun l'apprécie.

Ce jour-là, en raison de l'attente qui règne sur le chantier, Aïsha propose à Audrey, puisqu'elles sont en congé scolaire, d'aller se balader dans les quartiers chics pour faire du lèche-vitrine. Stéphane étant « embauché » par son père, il est forcé de rester sur le site. Une fois au Caire, elles prennent donc le métro qui ressemble un peu à celui de Paris, descendent à la station el-Tahrir et ressortent à côté du Musée égyptien. Elles rejoignent la rue Talaat-Harb, réputée pour ses pâtisseries.

— Pour une fois que Stéphane n'est pas là pour me faire la morale, je vais en profiter.

— Pas trop quand même, attention.

— Ah non ! Pas toi aussi !

— Bon, d'accord. Allez viens, je t'emmène chez Koueder.

Vers 1860, la ville moderne du Caire a largement subi l'influence française et les transformations du baron Haussman, réputé pour ses grandes avenues offrant des perspectives. Ici aussi, de grands axes ont vu le jour, bientôt bordés d'immeubles en pierres de taille dont les styles, venus de Londres ou de Paris, offrent un ensemble architectural disparate. Tous les genres s'y mêlent, du baroque au kitsch, en passant par le classique. Malheureusement, cet éclatement de luxe a fait long feu; la plupart des ascenseurs ne fonctionnent plus et les halls d'entrée sont vétustes.

Une population incroyablement nombreuse congestionne les trottoirs et même une partie des rues. D'immenses affiches de cinéma plaquent leurs touches de couleur agressives un peu au hasard.

Un grand nombre de magasins s'ouvrent un peu partout, offrant une multitude de produits. Aïsha et Audrey s'extasient devant les vêtements, les essaient, tournent, virevoltent, changent d'avis, se décident et repartent avec des paquets. Quatre bonnes heures plus tard, fatiguées de marcher et de changer de look, elles décident de s'arrêter pour manger un morceau. Elles redescendent vers le Musée égyptien, hésitent devant un ou deux fast-food et finalement optent pour la cafétéria de l'hôtel Nile Hilton.

Bien installées devant une bonne assiette, elles se rassasient enfin. Puis, se laissant aller contre le dossier de leur chaise, elles commencent à converser de tout et de rien. Soudain, Audrey devient sérieuse et demande :

— Qu'est-ce que tu veux faire, toi ?

— Dans la vie ?

— Oui.

— Aller dans une grande université à l'étranger et devenir une spécialiste des papyrus. Je lis déjà l'égyptien ancien, je parle arabe et anglais. Ça me fait quelques atouts.

— Un peu, oui !

Puis Audrey jette un coup d'œil à sa montre.

— Dis donc, ça ne te dérange pas qu'on retourne au magasin. Finalement, je crois que je vais acheter la chemise rouge.

Le roc apparaît une semaine plus tard, révélant plusieurs ouvertures presque parfaitement circulaires comme des hublots donnant sur le ciel.

C'est ainsi que, cinq mois après leur arrivée en Égypte, Linda et Patrick, suivis de Saiyida et de Sebka, descendent au fond du trou. Dans la lueur de leurs lampes, des merveilles se dévoilent. Conscients des dangers que représentaient les piliers lumineux, comme le disait Don Felipe, les anciens d'Atlantis les avaient bannis de ces lieux. Mais les quelques ouvertures dégagées laissent passer la lumière du soleil qui se réverbère sur des miroirs gigantesques illuminant la cité souterraine d'Aton. Car c'est une ville complète qui se trouve là, sous la voûte rocheuse.

Une immense avenue s'avance au milieu de temples sans autre toit que le roc, cernés de colonnades. De larges bassins devaient contenir de l'eau. Des statues de demi-dieux apparaissent çà et là, mais, partout, la présence de Râ se fait sentir. Quelques petites maisons, fermées celles-là, devaient recevoir des pensionnaires. Ce qui impressionne le plus Linda et ses compagnons, c'est le jeu complexe des miroirs qui se renvoient la lumière, éclairant chaque zone et servant probablement à réchauffer les bains et peut-être à activer d'autres systèmes qu'il leur faudra identifier.

La voie s'interrompt bientôt devant les tonnes de sable qui ont enseveli le reste de la cité. Des mois, peut-être des années, seront nécessaires pour tout dégager, répertorier et étudier.

C'est bientôt au tour d'Audrey, d'Aïsha, de Stéphane et de Vital de découvrir cette ville souterraine. Même Nabeel vient se rendre compte par lui-même de la réalité du secret que ses ancêtres ont conservé si longtemps.

Vital voit enfin là de quoi satisfaire Bular et asseoir l'existence de leur groupe secret ; peut-être aussi justifier la mort d'Ernst et de Carine. Mais, par-dessus tout, c'est sa propre gloire qui s'inscrit ici. Il va enfin sortir de l'ombre, il se voit déjà faisant jouer ses multiples contacts pour voyager dans le monde et exposer ses théories. Lui et Bular vont pouvoir démontrer que, jadis, certains peuples en savaient beaucoup plus qu'on ne le croit. Il s'approche de Linda et, d'un ton mielleux, il lui demande :

— Ma chère Linda, me permettez-vous de partager cette découverte avec vous ?

Sebka, qui l'a entendu, sourit à Linda et lui fait un clin d'œil.

— D'accord, Renaud. Je vais même faire plus. Je vais rester ici deux ou trois mois afin de recenser le plus gros de ce qui s'y trouve et, ensuite, je prends de vraies vacances. Vous pourrez superviser le site à votre guise, avec M. Sebka qui représente ce pays, cela va sans dire.

— Bien entendu. C'est vrai que vous avez largement gagné un congé.

— Ça, oui. On peut dire que vous m'avez fait travailler, ces dernières années. D'autant que mon père bûche encore sur la roue de médecine de Killarney[16].

Dans un coin, cachés derrière une colonne, Aïsha et Stéphane échangent un baiser, heureux.

Sebka se rapproche de Linda.

— C'est un bien beau cadeau que vous lui faites.

— Peut-être un cadeau empoisonné : il va être obligé de faire face et d'assumer les recherches sur le site, ce qui va le tenir éloigné des salons un bon moment. Pour lui, ce sera une véritable torture.

— Auriez-vous un petit fond vengeur ?

— Non, juste un ras-le-bol général. J'éprouve le besoin de m'allonger et de ne rien faire, de cueillir des fleurs, de me baigner tranquille, de voir vivre mes enfants ailleurs que dans des hôtels.

— Je comprends, mais je le regrette un peu. La poussière du désert vous va à ravir.

— Vous n'auriez pas un petit fond enjôleur ?

---

16 Lire *L'île du Serpent de la Terre*, dans la même série.

haudement recommandé par des sages yéménites, Don Felipe avait été accueilli au sein de la Grande École. Mais il avait dû accepter d'en subir aussi les épreuves, afin de ne pas être vu comme un privilégié. Il se trouvait ainsi être le plus vieux des étudiants, dont la moyenne d'âge tournait autour de dix-huit ans.

Le grand prêtre qui lui avait demandé de participer à ces épreuves l'avait prévenu qu'elles n'avaient qu'un sens très symbolique. Une sorte de rite de passage. Un rite important pour les jeunes mais qui, pour lui, avec ce qu'il avait déjà traversé, semblerait anodin. Et, en effet, jusque-là Don Felipe n'avait rien rencontré qui puisse l'effrayer.

Le conquistador franchit le passage de Bès et découvrit la salle du bassin. Impossible de passer, des cobras bizarrement luminescents, assemblés par dizaines, en occupaient les bords. Devant lui, le bassin était en feu ; une nappe de pétrole à la surface de l'eau brûlait en dégageant une chaleur extrême. Les serpents s'approchaient, rendus agressifs par cette situation dont ils ne voyaient pas, eux non plus, comment s'en sortir.

Don Felipe réfléchit vite. Cette épreuve faisait appel à la réflexion et à la rapidité d'action pour éviter les morsures. Il n'y avait qu'une solution : gonflant ses poumons, il plongea sans hésitation, au milieu des flammes pour se retrouver bientôt sous l'eau, sous l'incendie. Il nagea avec vigueur vers l'autre bout du bassin, se concentrant sur l'endroit où se situait la porte, de l'autre côté.

D'un élan énergique, il bondit hors de l'eau qui le protégeait des flammes, mais quelques gouttes de pétrole s'accrochèrent à ses vêtements. Nimbé de feu, il avança à grands pas au milieu des reptiles qui reculèrent. D'un coup d'épaule, il poussa la pierre qui bloquait le passage et le franchit, refermant tout de suite derrière lui. Très vite, il se jeta sur le plancher de marbre, roulant sur lui-même pour étouffer les flammes qui lui mordaient la chair.

Se redressant, il constata qu'il avait atteint la salle du trône, après avoir parcouru les diverses pièces et affronté les épreuves qui l'y attendaient. Il arracha sa chemise blanche en lambeaux, révélant un torse musclé en finesse. Ses brûlures ne le faisaient pas trop souffrir. Il se dirigea vers le trône, surmonté du disque de Râ.

Il ne lui restait plus qu'un escalier à escalader avant de se retrouver dans le temple extérieur de la Grande École, où les derniers adeptes l'attendaient. Soudain, il hésita : il était un guerrier entraîné à l'effort et ces épreuves lui paraissaient vraiment anodines et symboliques. Était-ce vraiment là tout leur sens ?

Il se remémora alors ce que le grand prêtre lui avait dit : « À la fin, tu rencontreras le dieu soleil, tu pourras monter sur le trône et contempler le chemin du pharaon. »

Don Felipe regarda le grand disque de Râ, puis détailla la salle. Nulle part, il ne vit la représentation d'Akhenaton. Est-ce que s'asseoir sur le trône et regarder le chemin parcouru donnerait le sentiment d'avoir suivi les traces du pharaon ? Il s'installa sur le siège finement décoré pour en avoir le cœur net. Mais il n'éprouva rien.

Alors une inspiration lui vint. Il grimpa debout sur le trône et, là, tout changea : l'orientation de la lumière du soleil qui entrait dans la pièce avait été finement calculée, de même que la place exacte du disque.

Vus de la hauteur à laquelle il se trouvait maintenant, les rayons du soleil se réfléchissaient avec précision sur certaines décorations du disque et venaient frapper plusieurs endroits des murs où étaient insérés des disques d'or. L'un d'eux était plus gros que les autres. Da Gozal sauta de son piédestal et s'en approcha.

Il examina avec soin la paroi et détecta du bout des doigts une fine rainure. D'une main, il appuya sur le disque et de l'autre sur le joint. Le panneau pivota avec aisance, révélant un long couloir éclairé par un rayon de soleil chaud qui semblait venir de loin.

Sans hésiter, il s'engagea dans le passage et bientôt parvint aux portes de la cité secrète d'Aton, soigneusement préservée, car le sable ne l'avait pas encore envahie. Admiratif, Don Felipe s'avança dans l'allée principale de cette cité souterraine. Passant par une multitude de trous forés dans le roc, le soleil frappait des miroirs qui éclairaient tout en détail, comme si la cité se trouvait à l'extérieur. Il dépassa des maisonnettes et longea une colonnade.

L'allée était en pente ascendante et des séries de trois marches menaient vers un promontoire. Tout au bout, une petite pyra-

mide tronquée occupait le sommet d'une terrasse. Il y monta, escalada les degrés de la
pyramide et, baissant les yeux, découvrit,
baignant dans la lumière du soleil, les sar-
cophages d'Akhenaton et de Néfertiti.

L'or qui les composait brillait comme du
cristal jaune. Les représentations en pied des
deux personnages, main dans la main et unis
dans l'éternité, dans la cité secrète, étaient
placées à la tête des tombeaux.

Dès lors, pour Don Felipe, peu importait
que, là-haut, on l'attende ou qu'on le croie
mort. Il décida de tout explorer, pour comprendre d'abord, et témoigner ensuite. Il ne
s'agissait plus ici d'échantillons du passé,
mais d'un exemple physique, tangible, de ce
temps qui repassait auprès de lui-même. Posé
sur le sommet de la pyramide, un calendrier
circulaire sembla confirmer son intuition.

*H*uit mois ont passé depuis que Linda et Patrick ont atterri au Caire. L'inventaire des salles et de la cité d'Aton va bon train. Des montagnes de sable ont été rendues au désert. Patrick a expédié à travers le monde des centaines de clichés. Vital est reparti en France quelques jours, avant de relayer Linda qui se prépare enfin à prendre des vacances.

Sebka est venu la rejoindre sous la tente où elle travaille. Il est charmeur mais sérieux. Vêtu d'un pantalon noir et d'une chemise blanche, avec sa moustache et ses cheveux de jais, il rappelle un peu Omar Sharif au temps de sa gloire.

— Linda, je voulais absolument vous voir avant que vous ne partiez vous reposer. Depuis maintenant huit mois que vous êtes

ici, vous m'avez apporté beaucoup de bon-
heur en ramenant au jour la Grande École et
la cité d'Aton. Vous avez fait des miracles.

— La chance !

— Non, vous y avez cru. Vous avez eu
la foi, celle des conquérants. Nous, nous
sommes habitués à douter de ce qui n'est pas
prouvé et, ainsi, à ne plus croire nos traditions
ou nos légendes. « Ce qui se dit se peut », il
suffit de le démontrer. Le voile qui couvrait
nos yeux est tombé grâce à vous.

— Je n'y suis pas pour grand-chose. Pour
faire tomber un voile, il faut qu'il y en ait un.
C'est bien le sens véritable de cette Grande
École, non ? Apprendre à ne plus utiliser de
voile, à ne plus cacher la réalité de ce que
nous sommes.

— Et de ce que nous savons. La connaissance appartient à tous, c'est l'ignorance qui
est le mal en ce monde. Si je vous avais connue avant, sans doute ne seriez-vous pas allée
en prison.

— Vous m'en avez sortie !

— Mais, j'ai peut-être contribué à vous y
enfermer.

Linda le regarde, comprenant à demi-mot
ce qu'il ne dit pas clairement. Elle sourit.

— Je ne retiendrai que ma libération.

— Merci.

Allongés au bord du Nil, Aïsha et Stéphane sont silencieux. Voici presque six mois
qu'ils se fréquentent. Jamais Stéphane n'a eu
l'occasion de vivre une relation si longue, et
la séparation s'annonce douloureuse. Il lui
passe des envies par la tête : envie de rester là,
avec elle, et de vivre ici ; envie qu'elle parte
avec eux ; envie de vivre autre chose, en de-
hors d'elle ; plein d'envies contradictoires et
irréalisables.

— À quoi penses-tu, Steph ?

— À toi, au temps qui vient.

— À la distance et à l'oubli ?

— Aussi.

— J'ai appris de mon père qu'il faut laisser la vie se vivre et ne pas chercher à lui im-
poser des choix. Elle sait ce qu'elle a à faire.

— Et pas nous ?

— La plupart du temps, non. Hier est
une fête, demain est une fête.

— Aujourd'hui, un mal de tête, dit-il sur
le même ton.

Aïsha éclate de rire.

— Exactement ! Essayons de ne pas faire
de plan. Va savoir. Je serai peut-être avec toi
ailleurs, dans un futur proche.

— Ou avec un autre, dans un instant.

Cette fois, ils rigolent de concert, ayant réussi à éloigner les nuages sombres qui assombrissaient leur bonne humeur.

— Je dois y aller, Steph, mon père m'attend.

Ils échangent un long baiser. Puis Aïsha relève le bas de la *fustân* qu'elle porte chaque fois qu'elle doit se rendre à son village, et part en courant, s'arrêtant juste pour lui faire un signe de la main.

Triste et songeur malgré tout, Stéphane donne un coup de pied dans une pierre qui s'envole dans un nuage de poussière, et il prend la direction du campement.

En y arrivant, il aperçoit sa sœur, assise dans une Jeep, à l'ombre. Elle pianote sur le clavier de son ordinateur, une mèche blonde lui tombant sur les yeux. Stéphane réalise qu'Audrey va avoir quinze ans dans deux semaines et que, pour une fois, ils vont pouvoir fêter l'événement en toute tranquillité.

Pendant qu'il s'avance vers elle, des réflexions par dizaines lui traversent l'esprit. Il se dit que, malgré leur différence d'âge, pas si importante, malgré le fait qu'il se sente parfois un peu étranger dans cette famille qui l'a pourtant désiré, Audrey est sa meilleure amie. Elle est sa compagne de tous les instants, la seule qui ait vraiment des souvenirs communs avec lui. Soudain, le mot « sœur » prend une valeur de joyau à ses yeux.

Audrey lève la tête et lui sourit.

— Alors, comment vont les amours ?

— Ils ne sont pas vaillants. Aïsha pense, peut-être, venir me rejoindre un jour.

— Dis donc, n'était-ce pas aussi l'idée de Malika ? Tu vas en faire, une tête, si elles débarquent toutes les deux en même temps. Remarque qu'il est vrai que Malika voulait venir au Québec. Alors une là-bas, l'autre à Paris, tu aurais la belle vie.

— Attends un peu, toi !

Il fonce sur elle, mais Audrey a déjà sauté à terre et file sans demander son reste. Stéphane court derrière elle, essayant de diluer son chagrin dans le rire.

Épilogue

*B*ular, Vital et Desquand se retrouvent sur le patio de la maison de Bular, tous trois absorbés dans la contemplation de la Seine qui, un peu plus bas, s'étire sous le soleil d'un été tout jeune. Bular redresse ses cent vingt-cinq kilos, les émotions l'ayant fait encore grossir.

— Messieurs, le bilan est lourd et curieusement anachronique. La Fondation vient de prendre une importance que je n'aurais jamais pu imaginer. Toutes les découvertes incroyables de ces dernières années font que nous sommes sous le feu des projecteurs des médias et du milieu scientifique. Personne ne comprend comment il se fait que nous ayons accumulé autant de réussites en un laps de temps si court. D'autant que ces résultats touchent à bien des disciplines différentes.

— Qui demeurent archéologiques, re-lève Desquand.

— Certainement, mais habituellement la même personne n'est pas spécialiste de l'an-tiquité précolombienne, de l'égyptologie et de l'histoire nord-américaine. J'aurais dû donner plus de place à Carine, pour certaines fouilles.

— Est-ce que cela cause des problèmes ? demande Vital, inquiet.

— Eh oui ! mon cher Vital. Afin d'éviter les questions sur les installations souter-raines, il a fallu que je tire certaines ficelles.

— Ce ne sont donc pas des milieux scien-tifiques que viennent les ennuis ?

— Non, mais plutôt de la Défense. Cer-taines personnes s'intéressent soudain à tous ces objets qui représentent des connaissances passées. Les militaires se disent qu'ils sont peut-être passés à côté d'une manne et veu-lent désormais faire équipe avec nous, en échange de leur discrétion et d'un partenariat financier et technique, bien entendu !

— Oh là là ! Mais qu'allons-nous faire ?

— Je n'en sais trop rien, à vrai dire. Je n'ai guère l'intention de les laisser piétiner mes plates-bandes. Mais ce sera difficile. Désor-mais, ils seront sur nos talons, à chaque instant.

— Vous pensez poursuivre ?

— Bien sûr, mais nous allons devoir manœuvrer avec subtilité. Jusqu'à présent, j'ai réussi à leur cacher l'existence de Da Gozal. Je leur ai dit que ce sont de patientes recherches dans les archives qui nous ont amenés à isoler certains sites. En ce sens, la mort de Carine nous aide : je l'ai désignée comme notre documentaliste experte. Officiellement, Desquand, c'est vous qui allez lui succéder. Alors, prudence ! Prenez des notes, mais pour les choses importantes, utilisez votre mémoire.

— Et les Lemoyne ?

— Le fait qu'ils veuillent prendre des vacances tombe à pic. Vital, vous assurerez la suite du travail à Saqqarah. Malheureusement, vous allez hériter de la présence d'un officier en civil et de son équipe qui ne vous lâcheront pas d'une semelle.

— Nous nous préparons de beaux jours.

— Pour le moment, la notoriété acquise nous met à l'abri des ennuis majeurs. Mais je ne sais pas ce que l'avenir nous réserve.

— Et pour Da Gozal ? demande Desquand.

— Tâchez de remonter sa piste jusqu'en Europe. Il y est certainement retourné à plusieurs reprises. Il sera peut-être plus facile de justifier des allées et venues sous le couvert des activités du musée.

— Que pensez-vous faire pour votre hôtel particulier ?

— C'est un monticule de débris, je ne sais pas encore.

Bular hausse les épaules : son cher immeuble est devenu le cadet de ses soucis.

Espagne, 1544.

Don Felipe, le teint clair, le visage reposé, arpentait le chemin de ronde du château de Lacalahorra, appartenant à son ami Rodrigo de Vivar y Mendoza. Le père Raphaël trottinait derrière lui, serrant sa robe de bure. Il trouvait ce matin frisquet même si le soleil s'annonçait généreux.

Il jetait de fréquents regards inquiets à son ami. Il connaissait trop cette vigueur et ce regard perdu sur l'horizon. Les expériences récentes de Don Felipe en Égypte semblaient l'avoir galvanisé. Quant à lui, il appréciait de plus en plus ces périodes de calme et de tranquillité, durant lesquelles il pouvait écrire au coin d'un feu. Mais ce qu'il craignait se produisit. Don Felipe s'arrêta soudain et pivota sur ses bottes pour lui demander, les yeux vifs plongés dans les siens :

— Cher père Raphaël, que penseriez-vous d'un pèlerinage ?

Raphaël le dévisagea, soudain plein de joie.

— Enfin ! Vous revenez à la religion, Don Felipe !

— Si vous voulez. Mais ce n'est guère cela que j'avais en tête. J'ai envie de suivre la pensée des gens ordinaires, ceux qui suivent leur foi, leur instinct.

La mine réjouie de Raphaël retomba et ses craintes resurgirent au triple galop.

— Et je suppose que vous avez déjà un lieu à l'esprit ?

Don Felipe éclata de son grand rire sonore et franc.

— Ah, mon cher frère d'aventure ! Vous commencez à trop bien me connaître. En fait, j'hésite encore.

— Et cette fois, ce sera quoi ? Un mois de bateau, le désert ou la forêt vierge ?

— Que diriez-vous d'une simple promenade à cheval ?

Le père Raphaël poussa un soupir résigné, leva les yeux au ciel dans une prière muette et, d'une voix pleine de sous-entendus, déclara :

— Une « simple promenade » avec vous deviendra, encore, sans aucun doute, une source de soucis pour moi.

— Je dois être fidèle à ceux qui me suivront, mon ami.

Prochain rendez-vous :

« LA GROTTE AUX MIRAGES »

Alain J. Marillac

Alain Marillac est journaliste, recherchiste (série «Monde et mystères», Téléfiction-Canal D), scénariste (séries «Les perles du Pacifique», Gaumont-TF1, et «Dessinoscope», Canal Famille) et écrivain (séries «Dan Rixes», «Le trésor de la Citadelle» aux Éditions Hurtubise HMH, «L'énigme du conquistador» aux Éditions Pierre Tisseyre).

Depuis des années, il explore les univers du bizarre (magie, hypnose, paranormal) et écrit pour la jeunesse, tentant d'introduire la réalité fantastique dans l'univers imaginaire. Tous ses écrits prennent appui sur une vérité tangible et des connaissances vérifiables, ce qui fait que la frontière du vrai et celle de l'invention se chevauchent souvent. Ses récits ont généralement plusieurs niveaux de lecture et peuvent combler tant les jeunes que les adultes.

Série
L'ÉNIGME DU CONQUISTADOR

des romans écrits par Alain J. Marillac

Imprimé au Canada

 **Imprimeries
Transcontinental inc.**
DIVISION MÉTROLITHO